AF220062

Walter W. Braun

Im Banne des Moospfaff

Nordracher Unternehmer-Saga

Bibliografische Information der Deutschen Nationalbibliothek: Die Deutsche Nationalbibliothek verzeichnet diese Publikation in der Deutschen Nationalbibliografie; detaillierte bibliografische Daten sind im Internet über http://dnb.dnb.de abrufbar.

Illustration: Walter W. Braun

Coverbild: Der Moospfaff, Quelle Gemeinde Nordrach mit Genehmigung 25.9.2018

Herstellung und Verlag: BoD – Books on Demand, Norderstedt

ISBN: 9-783-751-923-866

Inhaltsverzeichnis

Vorwort

Der ruhelose „Moospfaff"

Der Mooskopf, eine markante Erhebung zwischen Kinzig- und Renchtal im Mittleren Schwarzwald und weithin sichtbar ins Rheintal ragend, ist Schauplatz zahlreicher Sagen und Sagengestalten. Immer wieder taucht eine der Hauptfiguren auf. Es ist der „Moospfaff". Hintergrund ist, einst soll ein Pfarrer im Kloster Allerheiligen gelebt und gewirkt haben. Die Klosterruinen liegen oberhalb der beeindruckenden Allerheiligen-Wasserfälle, die 66 Meter über sieben Kaskaden tosend in die Tiefe stürzen. Sie sind die größten natürlichen Wasserfälle im Nordschwarzwald.

Dieser Pfarrer betreute seelsorgerisch die Gemeinden der Gegend und war oft zwischen den sehr abgelegenen Orten und einsamen Gehöften des Schwarzwaldes unterwegs. Als er einmal zu einem Sterbenden ging, um ihm die letzte Ölung zu spenden, soll er eine Hostie verloren haben. Geschehen sei dies zwischen Oppenau und dem entlegenen Moosbauernhof. Seit seinem Tod dieses nachlässigen Pfarrers soll er nun als „Moospfaff" unterwegs sein, immer auf der Suche nach der verlorenen Hostie. Dabei geistert er ruhelos im Gebiet des Bergrückens zwischen Rench- und Kinzigtal umher und muss zur Strafe so lange Menschen und Wanderer erschrecken, sie in die Irre führen, bis er die Hostie wiedergefunden hat. Soweit die Legende.

1

Ein ruheloser Geist

Innerlich aufgewühlt und von Unruhe getrieben, streifte Isidor Bildstein in diesen Tagen wieder einmal über die Höhenzüge der Flacken dem Stollengrund im hinteren Nordrachtal zu. Schwer war sein Gang, seine Schritte, und dunkle Gedanken belasteten sein Gemüt. Zu tief bedrückten ihn die herben Enttäuschungen und Verletzungen seiner Seele durch unschöne Ereignisse innerhalb seiner Familie und außerhalb durch Anfeindungen aus der Bevölkerung. Was hatte er denen – seiner Familie und den Mitbürgern im Dorf – in den letzten Jahren und Jahrzehnten nicht schon alles Gutes getan? Hatten sie nicht von ihm als Unternehmer und als kreativer Mensch nur profitiert? Die Missachtung und Ablehnung empfand er als persönliche Niederlage, die zu ertragen schier über seine Kraft ging, die er meinte, nicht mehr aushalten zu können. Das schlug ihm, je älter er wurde, zunehmend aufs Gemüt. „Hört das denn nie auf, mit all den Widerwärtigkeiten, die mir seit Jahren das Leben beschwerlich machen? „Es kommt mir vor, als hätte sich die ganze Welt hätte gegen mich verschworen. Was ist aus meinem Lebenswerk geworden? Was sind die Ursachen für die Zerwürfnisse mit meinem Sohn und Stammhalter Frank, mit meiner ein Jahr älteren Tochter Michelle? Warum musste es so laufen, wie es gekommen ist? Warum hat mich meine Frau auf diese schäbige Weise verlassen und im Stich gelassen?" Fragen über Fragen, für die er keine schlüssige Antwort fand. „Ich war meiner Frau doch ein guter, fürsorglicher Mann und konnte ihr in den letzten Jahrzehnten mehr bieten, wie sonst kaum jemand seiner Angetrauten bieten kann. Den Kindern war ich ein verständnisvoller Vater, der ihnen alle Freiheiten ließ und der nie in die Erziehung der Mutter hineingeredet hat oder sich einmischte. Viel lieber und wichtiger wäre mir Harmonie gewesen, ich hätte lieber zu Hause ein Hort der Erholung und Entspannung gefunden. Für mich ist es keine Überheblichkeit, wenn ich ein wenig Anerkennung für mein Lebenswerk erhofft hatte und erwarten durfte." Doch es war leider, trotz seiner Mühen und Opfer – und das ist der Grund seines Verdrusses und großen Kummers – alles anders gekommen, wie es sich Isidor Bildstein je in einem Albtraum hatte erträumen müssen.

Während er ärgerlich und sehr bedrückt seinen Weg durch die links und rechts hoch aufragenden prächtigen Schwarzwälder Tannen, mächtige Eichen und stattliche Buchen schritt, nahm er die Stille des Waldes und das Rauschen der Bäume kaum wahr. Für „Waldbaden" hatte er an diesem Tag keinen Sinn und keine Antenne. Er hatte weder ein Auge für die noch intakte unverfälschte Natur im urwüchsigen Waldmischgebiet hoch über dem Luftkurort Nordrach, noch ein Empfinden für die sensible Kreatur der von Blume zu Blume flatternden Schmetterlinge und brummenden Hummeln. Nicht ein einziger Gedanken beschäftigte sich mit der jahrhundertelangen Geschichte dieses einmaligen Gebietes zwischen Simonsebene und Heidekirche. Stattdessen stapfte er kraftlos Schritt für Schritt auf dem gras- und moosbewachsen, mal wurzeldurchflochtenen Weg dahin. Selbst das balzende Gezwitscher der

Schwarzamseln und dem zarten zizibäh-zizibäh der Kohlmeisen drang nicht an sein Ohr und in sein Bewusstsein, so sehr beschäftigte ihn der unglückliche, von ihm vielleicht fahrlässig verschuldeten – jedoch ungewollte – Tod seiner Frau. Erschwerend hinzu kam das eisige Schweigen, die demonstrative Ablehnung und Missachtung seiner undankbaren Kinder, die im ständigen Streit mit ihm lagen. Wütend machte ihn zudem das Unverständnis der Umwelt für seine eigenen Belange. „Alle wollen etwas von mir, doch mir gönnt man nicht das Schwarze unter den Fingernägeln."

Für ihn zählte nicht nur die Familie, sondern gleichwertig das Unternehmen, seine Mitarbeiter, wie auch die Gesellschaft. Und dabei wollte Isidor immer nur das Beste für alle. Dafür hatte er mit Engagement, viel Einsatz und noch mehr persönlichen Opfern, ein bedeutendes Unternehmen aufgebaut, es zur Weltmarktführerschaft geführt, das heute einen hervorragenden, internationalen Ruf genießt. Dafür hatte er Tag und Nacht geschuftet und sich in Jahrzehnten nie richtig einmal Ruhe gegönnt. In den letzten Jahren, und da er nun ins Alter kam, schien sich alles gegen ihn verschworen zu haben. Er verstand die Welt nicht mehr. Das hatte ihn hart werden lassen, ohne dass er dies so sah, und teilweise auch ungerecht. Auf den Gedanken, die Ursachen bei sich selbst zu suchen, wäre er allerdings nie und nimmer gekommen.

„Wie soll es nun weitergehen?, stellte er sich die Frage. „Wer soll zukünftig sein Unternehmen führen?" Der Sohn Frank war mehr geflüchtet als gewollt nach Kanada weggezogen und nun gezwungen gewesen, von dort wieder zurückzukehren, ohne eine sinnvolle Aufgabe oder einen auskömmlichen Job zu haben. Seine Tochter Michelle ist Alkoholikerin geworden, genau wie es ihre Mutter in den letzten Lebensjahren schon war, und nun ist sein „Mädchen" für den Rest ihres Lebens ein Pflegefall. Dabei steht Michelle als Frau doch eigentlich erst mitten im Leben. Nur durch mich, meinen Einfluss und mein Geld, das eine Rundumbetreuung ermöglicht, kann sie in der kleinen Wohnung, die ich ihr in Nordrach gekauft habe, selbständig leben. Außer dem etwas jüngeren Bruder und der Schwägerin, zu denen er einen noch einigermaßen verlässlichen Kontakte pflegt, hat sich die weitere Verwandtschaft längst von ihm abgewandt, ihm in allem immer nur die alleinige Schuld gegeben. Manchmal hat er von sich aus, verärgert über ungerechtfertigte Anfeindungen, ganz radikal „Tabula rasa" gemacht, und einfach die Verbindungen zu denen abgebrochen, die ihm dumm gekommen sind, oder die haben es in persönlichen Kontakten zu ihm getan. „C'est la vie", wie die Franzosen sagen, und einer der Grundsätze von Bildstein war: „Was ich nicht ändern kann, tue ich gerne, und wer nicht mit mir ist, der ist gegen mich."

Während sein Gedankenkarussell sich unermüdlich im Kreise drehte und er manchmal laut redend, auch schimpfend oder fluchend vorwärts marschierte, hatte er keinen Blick nach rechts hinüber zu den Höhen des Brandenkopf, den ein Turm und zwei schlanke Windräder zieren, zum Nillkopf gegenüber oder zum Katzenstein auf der anderen Talseite, von wo aus sich eine fantastische Aussicht auf das langgezogene Tal, die Allmend, Lindach und Neuhausen – das schon zur Stadt Zell gehört – bietet. Stattdessen zogen ihm die letzten Jahrzehnte wie ein Film durch den Sinn. Viele Details an Streitgesprächen innerhalb der Familie und unnötige Zerwürfnisse mit der Verwandtschaft wurden wieder und wieder wach und waren jetzt wie widerliche Stolpersteine auf seinem Lebensweg. „Gedanken lassen sich nicht so einfach abstellen, wie eine Maschine", bedauerte er häufiger.

Selbstbemitleidend sah er bildhaft bewusst, wie sehr er hatte kämpfen und sich durchsetzen müssen, hatte aus kleinsten Anfängen ein weltweit agierendes und anerkanntes Unternehmen aufgebaut. Wie es sich heute darstellt, konnte er hunderten Menschen einen sicheren, gutbezahlten Arbeitsplatz bieten und der Gemeinde mit satten Gewerbesteuerzahlungen die Kasse füllen. „Wer dankt mir das heute?", darum und den vielen schmerzlichen Tiefschlägen in die Magengrube, die er einstecken musste, drehten sich unaufhörlich alle seine Gedanken wie eine Gebetsmühle im Kreis. Sicher, oft musste er – bildhaft gesprochen – über Leichen gehen, stur und hartnäckig sein, knallhart kalkulieren, alle möglichen Risiken vorausschauend einschätzen, vielleicht auch um der Sache willen ungerecht sein, andererseits hatte er aber auch nicht wenige bittere Niederlagen einstecken und Kröten schlucken müssen. „Ich durfte nie Rücksicht auf meine persönlichen Befindlichkeiten nehmen. Ich hatte und habe keine Hobbys, keine Abwechslung, die mich zwischendurch auf anderen Gedanken bringen könnten, nur meine Firma und meine Familie. Wem habe ich je vertrauen können, auf wen verlassen? Nicht einmal auf meine eigene Familie konnte ich mich stützen oder aus dieser Richtung auf Verständnis rechnen."

„Gut, ich gebe ja zu, ich war immer ein ehrgeiziger Einzelkämpfer", gestand er sich ein. Das hatte ihn hart gemacht und im gewissen Maße unempfänglich für zwischenmenschliche Beziehungen. Erholsame, entspannende Stunden im vertrauten Kreis, wo er Energie hätte schöpfen können – und auch hätte müssen, das war ihm selten vergönnt. Herzenswärme, überschäumende Gefühle waren ihm völlig fremd. Seine Natur war nüchterne Sachlichkeit.

Seine Führungskräfte zeigten sich bisher nach außen hin immer loyal. „Ist das aber aus innerer Überzeugung so, oder nur weil ich ihnen ein überdurchschnittlich gutes Gehalt und ansehnliche Boni bei guten Erfolgen und der Zielerfüllung biete?" Die Zweifel nagten in seinen Gedanken und je mehr er darüber nachdachte, desto größer wurde sein Ärger auf die undankbare Welt, die ein Genie, so wie er sich sah, nicht verdient hatte.

Bei diesem zerstörerischen Grübeln war er beim Vogtbildstock am Weg angelangt, wo im 18. Jahrhundert Anton Muser, der „Vogt vom Mühlstein", elendiglich sterben musste. Unwillkürlich sah er zwischen dem reichen Bauern vom Mühlstein und seiner Person durchaus gewisse Parallelen. Dieser besaß einen angesehenen, gut geführten Hof und war im Kreise der wohlhabenden Bauern im Harmersbach- und Nordrachtal sehr geschätzt und hochgeachtet. Er hatte nur das Beste gewollt und sein bildhübsches Mädchen – „die schönste Tochter im ganzen Kloster- und Reichsgebiet im Hambe", wie das Harmersbacher Tal in der Bevölkerung genannt wird – dem Ulrich und Hermersbur zur Frau gegeben. Dieser hatte den stattlichsten Hof weit und breit, war vermögend und angesehen. Das war die beste Partie, die seine Tochter nach seiner Meinung machen konnte und der Vogt hatte sich sehr geschmeichelt gefühlt, nachdem der Hermersbur um die Hand Magdalena angehalten hatte. Da ging für ihn ein Traum in Erfüllung, dass gerade dieser reiche Freier mit bester Reputation sein Töchterchen gewählt hatte.

Schon seit alters her war es Sitte und Brauch im Schwarzwald, dass Ehen von den Eltern arrangiert wurden, und die bestimmten, wer wen zu heirateten hatte. Da wurde auf dem Land noch nach finanzieller Sicherheit getrachtet, es wurde genau abgewogen, wer auf den Hof passte oder für den Hof der oder die geeignetsten Kandidaten waren. Die Ehen wurden nach Ansehen und Besitz arrangiert. Früher war das für die einsamen Schwarzwaldhöfe durchaus auch überlebenswichtig. Nur so war die Existenz des eigenen Hofes gesichert und da schaute man schon darauf, dass die passenden Partien zusammenkamen und nebenbei ordentlich das Vermögen vermehrt wurde. Des Vogts Töchterlein liebte aber einen „armen Schlucker", den Öler-Toni, mit dem sie seit Jahren bei Festen und Feiern im Duett aufgetreten ist. Sie boten einen unvergleichlich schönen Gesang, einer Nachtigall gleich. Sie waren deshalb im Tal und weit darüber hinaus beliebt und geachtet. Nur unwillig oder gezwungen beugte sich die Magdalena der Tradition, verweigerte dem Hermersbur aber nach der Hochzeit den Vollzug der Ehe.

Der Vater, wie auch der Ehemann meinten aber, sie mit Schlägen zur Vernunft bringen zu können – „dass sie gescheit wird" –, da starb sie an gebrochenem Herzen. Nach dieser Tragödie sah der Vogt seinen schweren Fehler ein, machte sich große Vorwürfe und zog genauso ruhelos über die Höhen, wie es jetzt der Isidor Bildstein tat. Damals wollte der Vogt an einem eisigen Wintertag im Gram den Nachbarhof besuchen und beim befreundeten Bauern im Stollengrund einkehren, wo er sich Trost erhoffte. Dabei stürzte er unglücklich auf einer vereisten Stelle auf dem Weg und konnte sich danach nicht mehr erheben. Hilflos starb er angeblich an genau dieser Stelle und dem Platz, wo heute ein Bildstock steht und an das tragisch-traurige Ereignis erinnert. In der kalten Nacht ist Anton Moser qualvoll erfroren. Niemand konnte seine verzweifelten Hilferufe hören.

Nach diesem Vorfall bildete sich die Legende von der Gottesstrafe, welche die Menschen ermahnte, sich nicht in die Liebesangelegenheiten ihrer Kinder einzumischen. Daran erinnert heute noch ein schönes, deutsches Volkslied.

Unter Erlen steht 'ne Mühle,
Unter der das Wasser rauscht,
Und in heller Mondschein Kühle,
Sitzt ein Müllerbursch und lauscht.

Leise öffnet sich ein Fenster,
Eine Hand steckt sich zum Gruß,
Heimlich gibt der Müllerbursche
Seiner Liebsten einen Kuss.

Leise schleich heran der Alte,
Stellt sein Räderwerk zur Ruh,
Und durch Fensters schmale Spalte,
Schaut er seiner Tochter zu.

Liebes Mädel lass dir sagen,
Heut zum allerletzten Mal,
Dass du diesen Müllerburschen,
Nie und nimmer lieben darfst.

Und am nächsten Morgen,
Trug man beide sie zur Ruh,
Und man deckt mit Mutter Erde,
Zwei verliebte Herzen zu.

Liebe Eltern lasst euch sagen,
Störet nie der Kinderglück,
Denn es kommen trübe Tage,
Wo ihr denkt an sie zurück.

„Soll es mir genauso gehen wie dem armseligen Anton Muser, dem legendären „Vogt vom Mühlstein"? Ist das mein unverdientes Schicksal, hat das Blatt sich genauso gegen mich gewendet; gegen mich, der doch von jungen Jahren an so erfolgreich im Leben stand und für die Allgemeinheit so viel geleistet hat? Werde ich im Alter nun nur noch vom Unglück heimgesucht, von der Boshaftigkeit verfolgt und den neidischen, missgünstigen Menschen zu Boden gedrückt?" So sehr er grübelte und sinnierte, er fand weder eine Antwort noch seine innere Ruhe.

Über die Flacken und...

...auf dem Mühlstein, Pass zwischen Nordrach und dem Tal der Schottenhöfen

2

Einsam und verbittert

Seit den Tagen, da sich Isidor Bildstein mit zerstörerischen Gedanken quälte und von den Enttäuschungen und Selbstmitleid geplagt wurde, über die Flacken zum Stollengrund hinstrebte, waren wieder weitere 2 Jahre ins Land gezogen. Sein Unternehmen hatte er inzwischen in eine gemeinnützige Stiftung umwandeln lassen. Danach blieb er noch ein Jahr im Beirat an den Schalthebeln der Entscheidungen, zog sich dann aber nach erneut massiv aufgetretenen, gesundheitlichen Beeinträchtigungen immer mehr zurück. Zuletzt lebte er zurückgezogen wie ein Einsiedler in seinem großen, komfortablen Haus am Grafenberg.

Mit fast allen Nachbarn in weitem Umkreis lag er im Dauerstreit – und nicht nur mit ihnen – begleitet teils von langjährigen, gerichtlichen Auseinandersetzungen. Im Dorf ließ er sich kaum noch blicken und Menschen, die ihm begegneten, gingen, als sie ihn kommen sahen, wenn es irgendwie ging, lieber aus dem Wege und demonstrativ auf die andere Straßenseite. Doch wie vielen von ihnen hatte er einen guten Arbeitsplatz gesichert? Aus manchen Familien ist schon die zweite Generation in seinem Unternehmen beschäftigt. Wie viele Millionen sind in Jahrzehnten in die Gemeindekasse geflossen, und bei Spenden und allgemeinen Zuwendungen für Vereine und die dörfliche Gemeinschaft hatte er sich immer als großzügiger Mäzen erwiesen. Nur, einem geschätzten Bürger ist er zu einem skurrilen Außenseiter geworden, mit dem man am liebsten nichts zu tun hatte oder mit dem man ungern die Wege kreuzte.

Mehr als einmal stellte er in seinem zerstörerischen Grübeln fest: „Die Welt ist ungerecht und die Menschen von Natur aus undankbar. Ich hätte längst, wie es mir vor Jahren gedanklich vorschwebte, das Unternehmen an einen verkehrsmäßig günstigeren Ort, nach Offenburg oder Lahr, verlegen sollen. Mein Heimatdorf hat so ein Unternehmen, so einen sicheren Arbeitgeber nicht verdient."

Gerade die abweisende Haltung aus der Bevölkerung hatte ihn schwer enttäuscht und noch bitterer werden lassen. Sein leicht melancholisches Naturell verstärkte sich zudem durch seine pessimistische Grundeinstellung, was so gar nicht zu seiner Lebensleistung passte. Und noch ruheloser irrte er seither durch das Tal oder vorwiegend über die Höhen, sehr darauf bedacht, niemandem zu begegnen. „Von diesen Ignoranten will ich nicht auch noch angesprochen oder gar angepöbelt werden."

Ohne Rast und Ruhe befand er sich Tag um Tag auf der Suche nach dem Verlorenen, nach dem Glück, der Geborgenheit, der Anerkennung und der menschlichen Wärme. „Wo ist noch mein Platz in der Gesellschaft, die mir so viel zu verdanken hat?", stellte er sich oft laut die Frage, auf die er bisher keine Antwort fand.

Mehrfach hatten ihm in letzter Zeit sein Bruder und seine Schwägerin geraten, sich doch einmal an den Pfarrer zu wenden oder eine Schweigezeit in einem der vielen Klöster in Baden zu nehmen. „Die bieten das seit Jahren für gestresste

Bürger, und zuvorderst Manager an, die einige Wochen Ruhe hinter Klostermauern suchen. Das soll Entschleunigung bringen und die Seele des Menschen wieder norden." Obwohl er katholisch war, hatte er aber mit Kirche überhaupt nichts am Hut. Zu einem Pfarrer fand er schon gar keinen Zugang und hatte auch kein Bedürfnis danach, zu einem offenen Gespräch oder einer Beichte schon gar nicht. „Die Himmelskomiker sind mit zutiefst zuwider. Die einen sind sich zu schade für eine ehrliche Händearbeit, die anderen taugen nicht zur Ehe und flüchteten sich ins Zölibat. Dann sind da noch die Homos, wie ein Pfarrer im Nachbarort Oberharmersbach, der sich jahrelang an Jungen vergangen hatte und nach der Entdeckung seiner abartigen Veranlagung sich das Leben nahm. Soll ich vor solchen fragwürdigen Seelsorgern mein Innenleben ausbreiten? Niemals."

Die wenigen Kontakte anlässlich der Beerdigungen seiner Eltern, und zuletzt nach dem Tod sowie der anschließenden Trauerfeier bei seiner tragisch verstorbenen Frau, genügten ihm vollkommen, sie hatten unbewusst tiefe Spuren in seinem sensiblen Gemüte hinterlassen.

Zu den beruflich prädestinierten Spezialisten, den Psychologen, hatte er noch weniger Vertrauen. „Die haben doch selbst alle einen Schatten", so auch hier seine genauso abschätzende Beurteilung, wie zu den Pfarrern. Was er nicht bedachte, durch seine Voreingenommenheit, sein unqualifiziertes Schubladendenken in dieser Beziehung, verbaute er sich selber die Möglichkeiten professioneller Hilfe in seiner misslichen Lage. Wie sagt der Volksmund? „Wem nicht zu helfen ist, dem ist nicht zu helfen."

3

Wie alles begann

In der ersten Hälfte der 50er Jahre des letzten Jahrhunderts verließ Isidor die Volksschule in Nordrach und besuchte fortan das Gymnasium in Hausach. Nach dem Abitur begann er in Offenburg eine Feinmechaniker-Lehre und nach zweieinhalb Jahren verkürzter Lehrzeit schloss er diese erfolgreich ab und war dann Geselle in seinem Beruf. Sein inzwischen erwachter Ehrgeiz mehr aus sich zu machen, trieb ihn aber zum nächsten Schritt in der beruflichen Weiterbildung. Ein dreijähriges Fachhochschul-Studium an der Staatlichen Ingenieurschule in Furtwangen folgte und endete mit dem Abschluss als Diplom-Ingenieur (FH). Schon in der 60-seitigen Diplomarbeit, die bestens bewertet wurde, befasste er sich mit der Neuentwicklung von halbautomatischen Maschinen für die Möbelindustrie. Es sollte die Ausgangsbasis und Grundlage für weitere Ideen seines Fachgebiets werden und darauf basierte die Firmengründung und Selbständigkeit, die unmittelbar danach begann.

Sein Vater gehörte zu den alteingesessen Honoratioren im langgezogenen Nordrachtal, war weithin über die Dorfgrenzen hinaus bekannt und geschätzt. Die Bildsteins lebten seit undenkbaren Zeiten hier, tief verwurzelt in der dörflichen Gemeinschaft, und ihre Stammeslinie ließ sich Jahrhunderte zurückverfolgen. Ihr Leben war geprägt, einerseits von Tüchtigkeit und andererseits von tiefer Religiosität im Glauben, innerhalb der katholischen Kirche. Der sonntägliche Kirchgang, die Maiandacht, das Messelesen für verstorbene Angehörige gehörte dazu, wie das Amen und hinterher die Einkehr in einem der Gasthäuser Post, Stube oder im Kreuz zum Frühschoppen. Was die Religiosität betraf, hatte sich das allerdings nicht auf den Isidor Bildstein vererbt, da war sein Empfinden zu sachlich-nüchtern, da war er zu sehr Realist. Im Gemeinderat und in den örtlichen Vereinen hatten seine Vorfahren auch immer schon ein gewichtiges Wort mitzureden.

Bereits der Großvater von Isidor betrieb in Nordrach eine gutgehende Schreinerei, die Wohnmöbel aller Art herstellte, Holztreppen, modische Außen- und Innentüren, sowie Fester fertigte. Kunden waren die stolzen Besitzer großer Bauerngehöfte im Mittleren Schwarzwald, die über reichen Waldbesitz verfügten, die gerne massive Möbel für ihre Wohn- und Schlafzimmer vom Bildstein fertigen ließen. Nicht nur als Gebrauchsgegenstände, mehr noch zur Repräsentation.

Das Geschäft übernahm danach der Vater, baute es weiter aus und führte es in der alten Handwerkstradition fort. Alles, was im und für das Haus an Möbeln, Türen und Treppen gebraucht wurde, das wurde individuell angefertigt. Spezialisiert hat er sich später auf formschöne Holztreppen mit Verbundholz, Brüstungen und Geländer mit gedrechselten Stacheten. Letzteres wurde zu seinem Markenzeichen, hölzerne Balkongeländer kamen noch dazu. Die Geschäfte liefen gut und sicherten der Familie einen gewissen Wohlstand.

An der direkten Holzbearbeitung hatte Isidor kein Interesse, deshalb sollte sein jüngerer Bruder die Schreinerei übernehmen und ihm dafür einen Ausgleich bezahlen. So wurde es vereinbart und als es so weit war, ging das glatt über die Bühne. Ohne langes Gezerre wurden die Details schriftlich fixiert und sein Bruder war ihm dafür dankbar. Stattdessen gründete Isidor im Dorf eine kleine Firma und entwickelte Maschinen für die Holzbearbeitung. Dazu hatte er die ersten Ideen schon im Studium entwickelt und die Grundlagen in der Diplomarbeit beschrieben. Für eine Neuentwicklung hatte er sogar ein Patent angemeldet.

Die bescheidenen Anfänge begannen in einem stillgelegten Sägewerk im Untertal, das er zusammen mit dem Grundstück erst pachtete und später käuflich günstig erwarb. Für die Einrichtung und Anfangsinvestitionen erhielt er vom Vater 20'000 Mark und sein Bruder bürgte für weitere 20'000 Mark. Das war Anfang 1960 noch ordentlich viel Geld und damit ließ sich, mit den richtigen Ideen und sorgfältiger Kalkulation, schon etwas anfangen. Eine kleine Werkhalle wurde eingerichtet, natürlich auch ein schlichtes Büro mit Schreibtisch und zwei Schränken. Zudem stellte er zwei Gesellen aus dem Dorf ein. Die Männer kannte er seit den Kindertagen und wusste: „das sind fähige Fachleute in der Metallbearbeitung, so wie ich sie brauche."

Er selbst kümmerte sich bei den Schreinereien im weiteren Umkreis um Aufträge, und aus der Studienzeit kannte er ehemalige Kommilitonen, deren Väter in der Möbelindustrie florierende Unternehmen führten. Mit diesen Verbindungen und ersten Akquisitionen bekam das junge Unternehmen gute Aufträge, mit denen man für die nächsten 2 Jahre ausgelastet war. Der Start war somit mehr als gut gelungen und bald musste Isidor drei weitere Mitarbeiter für die Fertigung einstellen und auch einen kaufmännischen Angestellten, der sich um die Büroarbeit und besonders um die Buchhaltung kümmern musste.

Anfangs wurden einfache Maschinen an Durchlaufsägen, Format- und Kantenbearbeitung gebaut. Auf sämtliche Neuentwicklungen ließ Bildstein sich sofort Patente sichern. Später wurde das Lieferprogramm immer mehr optimiert, das Unternehmen entwickelte sich zu einem Spezialisten. Wichtig war Bildstein immer, gezielt auf die speziellen Bedürfnisse der Kunden einzugehen und deren Anregungen und Wünsche umzusetzen. Mit ihnen diskutierte er bis ins Pedantische gehend, alle Details. So gesehen wurde fast jede neue Maschine zu einem Unikat. Das kleine Unternehmen war flexibel und unter Insidern geschätzt für absolute Präzision und höchste Qualität. Die Maschinen liefen perfekt und so schaffte sich die Firma in der Branche einen klangvollen Namen. Schon nach 2 Jahren war Isidor Bildstein im ganzen Bundesgebiet unterwegs, besuchte und gewann mehr und mehr neue Kunden hinzu.

Zehn Jahre nach der Firmengründung beschäftigte das Unternehmen schon über 250 Mitarbeiter und belieferte Kunden weltweit. Sehr zugutegekommen ist Bildstein, dass Maschinen gerade aus dem Südwesten Deutschlands und insbesondere aus dem Schwarzwald immer schon einen guten Klang in der Welt hatten. „Made in Black Forest" war eine Garantie für Erfindungsreichtum, Präzision und höchstmögliche Qualität. Die Maschinen wurden auch längst auf international renommierten Messen präsentiert. Das sorgte für neue Kontakte zu Interessenten aus der ganzen Welt, und ein gutes Händlernetz auf allen Kontinenten vertrieb die Maschinen und kümmerte sich um den Service vor Ort. Deren Mitarbeiter kamen regelmäßig nach Nordrach und wurden eigens im Unternehmen professionell geschult.

Trotzdem ließ die Reisetätigkeit bei Isidor Bildstein nie nach. Der Kundenstamm hatte sich schnell auch auf das Ausland ausgedehnt und seither reiste er nicht mehr alleine nur in der Bundesrepublik. Mindestens einmal im Monat war er in Europa oder in irgendeinem überseeischen Kontinent unterwegs, besuchte die Händler, betreute gemeinsam mit ihnen namhafte Kunden, und die Anwender schätzten es zudem sehr, direkten, persönlichen Kontakt mit dem Firmeninhaber zu haben. Das wertete ihr eigenes Ansehen, ihr Gewicht auf. Und Bildstein war der Ingenieur, der Patron, der Chief, da zeigte sich sein etwas überspitztes Selbstbewusstsein. Immer schon bezeichnete er sich etwas selbstgefällig als „bester Verkäufer seines Unternehmens" und keiner seiner Mitarbeiter konnte ihm – nach seiner Meinung nach – das Wasser reichen, obwohl er seit Jahren auch erfolgreiche Verkäufer beschäftigte; Bezirks- und Gebietsverkaufsleiter, die in den Ländern verantwortlich waren. Trotzdem, wichtige Kunden kontaktierte Bildstein immer noch selber, meist begleitet von den für das Land beziehungsweise dem Gebiet zuständigen Verkäufern und Händlern. So konnte er nebenbei deren Verkaufstaktiken überprüfen und notfalls korrigieren. Da war er sehr kritisch und fordernd, aber auch fördernd. „Man muss die Schwächen schwächen und die Stärken stärken, war seine Devise, und da war er unerbittlich.

In seinen Belohnungen war Isidor Bildstein durchaus sehr großzügig, sodass man ihm unbequeme Beurteilungen oder zu eng gefasste Steuerungsmaßnahmen auch nicht sehr krumm nahm – oder nur temporär. Bei seinen Reisen bekam er an der Quelle die Bedürfnisse des Marktes aus erster Hand mit, und daraus entwickelte er immer wieder neue Ideen und schuf so eine größere Vertrauensbasis zu den Kunden. Das zahlte sich wiederum in klingender Münze bei seinen Verkäufern nieder, sodass diese für ihr Unternehmen, trotz manchem Druck,

„durchs Feuer gingen". Es machte einfach viel mehr her und kam im Kundenkreis sehr gut an, wenn der Unternehmer direkt auftrat. Das gab dem Ganzen ein größeres Gewicht, wertete die eigene Wichtigkeit auf. Auf den Messen war er regelmäßig und oft über Tage präsent, und natürlich lud er dann Kunden und wichtige Mitarbeiter, manchmal auch Behördenvertreter oder andere Entscheider abends zum Essen ein.

Die Schattenseite dieses Engagements für sein Unternehmen war, dass er in den vergangenen 20 oder 30 Jahre lang allenfalls ein oder zwei Tage in der Woche in Nordrach und im Büro anwesend war und wenn, dann meistens samstags oder am Sonntag. Nicht selten blieb er dann gleich im Büro und schlief in der Firma, weil er um 1 oder 2 Uhr in der Nacht seine Frau oder die Familie nicht mehr stören wollte – oder einfach selber seine Ruhe haben mochte.

Und nicht immer waren die Länder und Städte, in die er reiste oder wo er seine Ansprechpartner traf, ohne Gefahren für ihn. Südafrika war so ein besonderes Pflaster und da hatte er auch eines Abends eine Begegnung der unangenehmen Art. Im war wohl bewusst, Ende der 90er Jahre sollte er nicht alleine in Johannesburg ausgehen. Übernachtet hatte er gerade im Radisson Blu Gautrain Hotel, Sandton in Johannesburg. Der Tag war anstrengend, aber noch etwas zu früh am Abend um sich schlafen zulegen und an der Bar herumhängen wollte er auch nicht. Draußen ging der Tag in die blaue Phase über, da hatte er das Gefühl, die Decke fällt ihm auf den Kopf. Das trieb ihn vor die Türe, wo er sich die Beine noch etwas vertreten wollte. Nicht weit vom Hoteleingang entfernt kam ihm eine junge und attraktive Afrikanerin entgegen. Sie warf die Arme hoch und schrie: „Can you help me, can you help me?" Und natürlich gab sich Bildstein als Kavalier alter Schule, der sich

Frauen in der Not sofort annimmt. Aber die „Dame", war leider keine, nahm ihn am Arm und zog ihn ein Stückchen weiter zur nächsten Hausecke. Wohl war ihm dabei nicht, aber sie befanden sich nur einen Steinwurf vom Hotel entfernt. Kaum an der Ecke zur nächsten Straße, tauchten plötzlich zwei dunkle Gestalten auf und die hielten ihm ein Messer an den Hals. „Your money and the credit card, quickly", schrie ihn einer der Männer mit blitzend weißen Zähnen und feuchter Aussprache an. Er hatte etwa 800 Rand (damals ungefähr 150 Mark) im Geldbeutel und die rückte er heraus. Dann zwangen ihn die brutalen Burschen zum nächsten Bankautomat zu gehen und mit der Kreditkarte Geld zu ziehen. Wohlweislich hatte er, wie immer, wenn er sich im Ausland befand, nur eine einfache Karte eingesteckt – für alle Fälle – und mit dieser ließen sich im Tageslimit nur 500 Mark abheben. Sie zwangen ihn noch zu zwei weiteren Versuchen, was ohne Erfolg blieb. Nichts ging mehr, dann verschwanden sie so schnell, wie sie gekommen waren, nahmen die Kreditkarte mit, die er jedoch unverzüglich sperren ließ. „Die Welt ist schlecht, schimpfte er hinterher, überall nur Gauner und Schlawacken (Umgangssprachlich für Schlawiner und Schlitzohren)."

Sofort kehrte er ins Hotel zurück, setzte sich an die Bar und bestellte auf diesen Schrecken hin erst mal ein Bier, denn der Mund war ihm total trocken und danach benötigte er einen Cognac zur Beruhigung der Nerven. Von einer Anzeige sah er ab, das hätte doch nichts gebracht und ihn nur seine karge Zeit gekostet. „Da bin ich ja noch einmal glimpflich davongekommen, die hätten mich auch gleich abmurksen können", schätzte er im Nachhinein ganz nüchtern die brenzlige Situation ein.

4

Persönliche Entwicklung

Seit den Kindertagen kannte Isidor Bildstein ein hübsches, gleichaltriges Mädchen, die älteste Tochter vom Huberhof. Sie war als Jugendliche kokett und ungemein selbstbewusst. Schon in der Lehre und erst recht später, wenn er während des Studiums über das Wochenende zu Hause weilte, ging er mit Johanna Kimmig gerne aus und sie saßen dann traut über viele Stunden im Café Öhler oder Café Erdrich im Dorf. Seltener und überwiegend nur, wenn auch andere junge Leute dabei waren, kehrten sie in die Gasthäuser Post, Kreuz oder in der Stube ein. Im Kreuz gab es eine Kegelbahn, in der sich manchmal die Clique traf und einige Runden Bier und Eierlikör auskegelte. Waren Feste angesagt, wozu herausragend die Kilwi, das örtliche Kirchweihfest zu Ehren des Kirchenpatrons St. Ulrich zu erwähne wäre, oder ein Jubiläum, die jährlichen Feste zu anderen Anlässen, veranlasst vom Gesangsverein, dem Musikverein und der Feuerwehr, dann stand auf dem Platz hinter der Kirche ein großes Festzelt. Die dörfliche Musikkapelle unter Leitung des Offenburger Musikdirektors – eine Koryphäe unter den Dirigenten für Blaskapellen – spielte auf, und die Bevölkerung traf sich zu hunderten im Zelt und auf dem Platz bei den Verkaufsständen fahrender Händler, die ihre Verkaufsbuden bis auf die Dorfstraße aufgebaut hatten.

Da kaufte Isidor seiner Holden ein Lebkuchenherz mit Zuckergussschrift „Meiner Liebsten". Es wurde geratscht und getratscht, getrunken, gelacht, gefeiert und bis in die Nacht getanzt. Auf diese Weise kamen sich die beiden jungen Leute immer näher, die Verbindung wurde enger und sie wurden schließlich ein Paar. Nachdem Isidor irgendwann auch ein Auto besaß, hatte er natürlich zusätzlich bei dem Mädchen ein Stein im Brett. Ihr war sehr wohlbekannt, dass auch andere Schönheiten des Dorfes ein Auge auf ihren „Schatz" geworfen hatte. Doch sie war sich ihres guten Aussehens, ihrer weiblichen Reizen sehr wohl bewusst, und das setzte sie auch ein, um Isidor noch mehr an sich zu binden.

Längst waren sie auch zusammen intim, nachdem „das erste Mal" sich im Wonnemonat Mai einfach so ergeben hatte. Die Eltern von Johanna waren mit dem Gesangsverein übers Wochenende drei Tage auf einer Busreise an den Bodensee vereist und „Hannis" Geschwister waren bei den Großeltern im Ernsbachtal, da hatten die Beiden sozusagen eine sturmfreie Bude. Angeheitert durch einen kurzweiligen Nachmittag mit Gleichaltrigen im Café Öhler und einigen Gläsern Eierlikör, zogen sie sich zurück. Beide hatten zuvor noch nie Sex mit dem anderen Geschlecht und waren demzufolge sehr aufgeregt. Da Johanna noch Jungfrau war und Isidor viel zu schnell kam, war das „Erste Mal" nicht gerade eine Offenbarung. Aufregender und erfüllter war da schon das Vorspiel mit ausgiebiger Erkundung geschlechtlicher Unterschiede gewesen, den gemeinsamen zärtlichen Berührungen diverser erogenen Zonen. Da zeigte sich Isidor bei Johanna als Meister, er lobte ihren gutgebauten, straff-jugendlichen Körper und belohnte mit seinem Zungenspiel die prallen Nippel ihres formvollendeten Busens. „Johanna, du bist eine schiere Wucht, eine Eva wie im Bilderbuch gezeichnet, so wie ein Mann sich das wünscht." Dabei meinte er schier zu platzen. Nach einer Weile, überbrückt mit vielen innigen Küssen, wiederholten sie das erotische Spiel und am andere Tag ein weiteres Mal. Da klappte das schon wesentlich besser und auch bei Johanna weckte es verstärktes Interesse nach solchen zukünftigen körperlichen Aktivitäten.

Im Freundes- und Bekanntenkreis wusste jeder von der Liebschaft der Beiden, sie akzeptierten und respektierten es fortan. Da wurde nicht offen groß darüber geredet. Eine offizielle Verlobung oder so etwas bedurfte es damals nicht. Das war ein ungeschriebenes Gesetz, die beiden zusammengehören. Weitere Gelegenheiten, sich den körperlichen Freuden hinzugeben, fanden sich immer wieder und das Auto war dabei oft „ihr Freund" ihr Liebesnest und dabei sehr verschwiegen.

Nach dem gelungenen Start seines Unternehmens und der sich abzeichnenden positiven Entwicklung, sah Isidor nach drei Jahren die Zeit für gekommen, auch familiär Nägel mit Köpfen zu machen und zu heiraten. Im Sommer hielt er offiziell bei „Hannis" Eltern um die Hand an. Sie willigten ein, die zukünftigen Schwiegereltern waren einverstanden und Johanna schwebte „im siebten Himmel". Die Hochzeit wurde bestellt und dem Bildstein-Clan war es wichtig, dass das ganze Dorf daran teilhaben sollte und sich noch lange an diesen außergewöhnlichen Tag erinnerte.

Die standesamtliche Trauung im Rathaus am Tag zuvor, einem Freitag, war verbunden mit einem krachenden Polterabend, und das im wahrsten Sinne des Wortes. Der denkwürdige Teil einer traditionellen Hochzeit auf dem Dorf wurde kurz vor Einbruch der Dämmerung von den ehemaligen Schulkameraden feuchtfröhlich gestalteten. Krachend hallten die

Donner der Karbidschüsse durchs Tal und das mehrfache Echo wurde von den Berghängen ringsum zurückgetragen. Ein paar Schulkameraden von Isidor hatten von der Porzellanfabrik in Zell einen Leiterwagen voller Geschirrausschuss und Scherben besorgt und vor der – vorerst noch – zukünftigen Wohnung im Elternhaus der Bildsteins zerdeppert. Das Hochzeitspaar hatte eine Stunde mit dem Besen zu kehren, bis ums Haus herum alles wieder auch nur einigermaßen zusammengekehrt und sauber war. Derweil wurden einige Flaschen Obstler und eine große Gutter Most geleert. Da blieb garantiert kein Teilnehmer nüchtern und ein dicker Kopf war anderntags sicher. Auch Isidor klagte hinterher: „Ich wusste gar nicht, dass jede Haarspitze so empfindliche Nerven haben kann."

Zur Trauung in der Kirche St. Ulrich im Dorf, wurde die nicht sehr weite Strecke vom Huberhof, mit einer Kutsche zurückgelegt, die zwei prächtig geschmückte Pferde zogen. Halbwüchsige Kinder hatten zuvor Blumen auf dem Weg gestreut. Drei mutige Kindergruppen hielten, gemäß altem Schwarzwälder Brauch, jeweils mit einem über die Straße gespannten Seil die Hochzeitsgesellschaft an. Eifrig suchten sie hinterher nach den auf die Straße gestreuten Münzen und sammelten sie auf. Danach gaben sie dem Hochzeitspaar das Geleit und den weiteren Weg frei.

Nach der kirchlichen Zeremonie zogen alle zur weltlichen Feier und opulenten Festtagsschmaus ins Gasthaus Stube im Dorf, und jeder Platz, jeder Stuhl im Gastraum und Nebensaal war durch die vielen Gäste belegt. Natürlich waren neben den beiden Familien, deren weitläufige und weitverzweigte Verwandtschaften eingeladen und anwesend. Eine Einladung, wo man umsonst ungehemmt essen und trinken durfte, ließ sich damals niemand entgehen. Die Mitarbeiter der Schreinerei und der Maschinenfabrik gehörten selbstverständlich auch zu den geladenen Gästen. Die Menge der Anwesenden fanden nicht einmal alle einen Platz im Haus. Doch die Hochzeitsfeier war gekrönt durch einen milden, sonnigen Herbsttag. Das ermöglichte dem Wirt zusätzliche Tische und Stühle im Außenbereich der Gaststätte aufzustellen und dort weitere Gäste zu bewirten. Drinnen und draußen wurde bis tief in die Nacht gefeiert und um 22 Uhr auf dem Dorfplatz ein grandioses Feuerwerk gezündet. Das war ein Ah und ein Oh, beim Knallen und Pfeifen der in den sternenbedeckten Nachthimmel aufsteigenden Raketen. Helle Freude machte sich beim staunenden Publikum breit, im Anblick des erleuchtenden Abendhimmels, im Licht der sprühenden Leuchtkaskaden, den gigantischen Fontänen mit bunt-farbenem Sternenregen.

Die Schulkinder im Dorf und in der Kolonie bekamen am Montag Wurst und Wecken spendiert und jedes Kind noch eine Tafel Schokolade.

In der Tat, das ganze Tal und weit darüber hinaus sprach noch lange von Bildsteins pompöser Hochzeitsfeier, und wenn Isidor wichtigen Leuten aus dem Dorf begegnete, dann wurde er gelobt und sie klopften ihm kumpelhaft auf die Schulter. Ja, sowas hatte Nordrach seit den Tagen eines Hermesbur und dessen Hochzeit mit der Tochter vom Anton Moser, dem „Vogt auf Mühlstein", nicht mehr gesehen. Und es übertraf sogar die denkwürdigen Feiern, die Jahre zuvor der Bundestagsabgeordnete der FDP, Kurt Spitzmüller, Inhaber vom Kurhaus Nordrach, bei seiner Wahl und ein Jahr danach mit seiner Frau, anlässlich deren Hochzeit veranstaltet hatte.

Ein Jahr später wurde Michelle geboren und weitere 14 Monate kam der Stammhalter Frank zur Welt. Besonders auf den Sohn war Isidor mächtig stolz und er sah in ihm schon den zukünftigen Nachfolger für sein Unternehmen. Damit war seine Familie nach seiner Planung komplett. „Wie habe ich das hingekriegt?", prahlte er voll Stolz nach einigen Gläsern Bier und Schnaps am Stammtisch in der Wirtschaft und die anderen nickten zustimmend. „Ha jo, Isidor, bisch halt es Käpsele", meinte der Spitzer-Hans anerkennend, kumm Isidor, gib uns liebr no e'Rundi Kirsch oder e'Pflumeschnäpsli us.

Noch wohnten sie in einer großen Wohnung im elterlichen Anwesen. Der Bruder war noch unverheiratet und im Haus gab es genug Platz. Längst trug sich Isidor aber mit dem Gedanken, ein eigenes Haus bauen zu lassen. Seine Frau widmete sich nach der Heirat dem Haushalt, dann den Kindern und versorgte Haus und Garten. Zudem unterstützte sie fast täglich die älter gewordenen Schwiegereltern, half deren Haushalt zu versorgen und tätigte die Einkäufe. Im Garten gab es vom Frühjahr bis in den Herbst auch allerhand zu tun.

Die heranwachsenden Kinder bekamen später den Vater nur noch selten zu Gesicht. In den wenigen Tagen im Verlauf eines Monats, wenn er einmal zu Hause war, waren sie abends schon im Bett und morgens, wenn er das Haus verließ, schliefen sich noch. Die Erziehung der Kinder lag somit ausschließlich in den Händen seiner Frau.

Ein Jahr nach der Geburt der Tochter erwarb er im Neubaugebiet auf dem Grafenberg ein preisgünstiges Grundstück und ließ darauf von örtlichen Handwerkern einen großzügigen Bungalow mit 7 Zimmern, einschließlich zwei Bädern und einer großen Doppelgarage bauen. Das war sicher das schönste und modernste Haus im weiten Umkreis. Ums Haus und am leicht ansteigenden Hang zog sich ein großflächiges Gelände hin, das er später zu einem kleinen Park mit bekiesten Wegen und Kandelaber-Außenleuchten herrichten ließ. Der Gärtner aus dem Ort kümmerte sich fortan um dessen Entwicklung und Pflege dieser Anlage. Zur Einweihung des neuen Domizils lud er den Bürgermeister, die Gemeinderäte und weitere wichtige Honoratioren aus dem Dorf ein, ebenso seine Freunde und ein paar wichtige Kunden. Sogar aus den USA kamen 5 Personen angereist. Stolz präsentierte er zuerst bei einer Führung durch die Betriebsräume das Unternehmen und dann sein neues Anwesen. Je später der Tag in die Nacht wechselte, desto mehr prosteten die Gäste sich anbiedernd Isidor zu und boten ihm Freundschaften an. Die Lobreden wollten kein Ende nehmen.

Gesellschaftliche Verpflichtungen verlangten auch nach ihm. In den örtlichen Vereinen war er längst zum wichtigen Mäzen avanciert, wenngleich er nicht an allen Generalversammlungen – dem wichtigsten Teil im Vereinsleben – teilnehmen konnte. Wurden Feste abgehalten, war er aber fast immer da und ließ sich gebührend ehren. Den Vereinen war regelmäßig eine Spende sicher und die Ehrungen wurden umso überschwänglicher, je mehr er die Vorstände oder Mitglieder mit Getränken freihielt.

Auch für die Gemeindefinanzen war das erfolgreiche Unternehmen inzwischen die wichtigste Einnahmequelle überhaupt geworden. Die Gewerbesteuer sprudelte ergiebig. Da blieb es nicht aus, dass man den Ingenieur – wie er sich anreden ließ – regelmäßig zu den Gemeinderatssitzungen einlud, wenngleich er kein Mandat besaß und nur selten Gelegenheit hatte, daran teilzunehmen. Zum 50. Geburtstag hatte ihm die Gemeinde die Ehrenbürgerschaft verliehen, was ihn mit Freude und Stolz erfüllte. „Wenn das nur mein Vater noch erlebt hätte", erwähnte er etwas bedauernd im familiären Kreis. Sein

Vater war aber ein Jahr zuvor gestorben und die Mutter lag schon länger auf dem großen Friedhof neben der Kirche.

Zum 65. Geburtstag überreichte ihm dann der Ministerpräsident von Baden-Württemberg persönlich das Bundesverdienstkreuz der Bundesrepublik Deutschland am Bande, und nun war sich Isidor Bildstein sicher, alles, was an Ehrungen allgemein möglich ist, auch erhalten zu haben, oder: „Nun steht nur noch der Doktortitel ehrenhalber einer Universität aus oder der Titel Senator, wie ihn einst der Burda-Franz in Offenburg verliehen bekam, wenn nicht gar der Professorentitel", scherzte er bei passenden Gelegenheiten. „Das wäre es doch, ich könnte doch eine Honorarprofessur an der Fachhochschule Offenburg oder in Karlsruhe annehmen, was? Da hätte ich den jungen Spunden noch einiges beizubringen", erwähnte er gerne einmal im engeren Kreis zu vorgerückter Stunde, wenn das Ego wieder mit ihm durchging. Eigentlich waren ihm aber solche äußerlichen Ehrungen nicht sehr wichtig. Viel mehr galt ihm der Erfolg des Unternehmens und die Anerkennung für seine Maschinen in der Welt.

5

Die ersten Neider kommen aus der Deckung

„Wo Licht ist, ist auch Schatten", sagt schon der Volksmund. Das Unternehmen hatte sich in den siebziger und achtziger Jahren rasant entwickelt. Längst war die Marktführerschaft erreicht und die Maschinen – oder besser gesagt: „Maschinen-Systeme" – gehörten zum Feinsten, was es weltweit am Markt zu kaufen gab. Kleine Firmen wurden aufgekauft und in die Gruppe – teils mit deren eigenen Namen, teils durch Umfirmierung – integriert. Das brachte aber immer mehr Nachahmer auf den Plan. Besonders die Japaner kannten in den 80er Jahren keinerlei Skrupel, aber auch bei Firmen in Taiwan und Südkorea wurden oft Plagiate entdeckt. Die Chinesen gesellten sich erst Mitte des letzten Jahrzehnts im alten Jahrtausend dazu. Das Haus hatte schon länger eine fähige juristische Abteilung und nahm bei Bedarf externe, gewiefte Spezialisten und Fachanwälte hinzu, und bei größeren Fällen wurden teure Anwaltsbüros eingeschaltet, die weltweit vernetzt waren und über geeignete Partnerbüros oder Verbindungen verfügten. Mit geballtem Sachverstand gingen sie gegen Nachahmungen vor.

Als bedeutender und schwergewichtiger Unternehmer war Isidor Bildstein selbstverständlich in der Handwerkskammer, der Industrie- und Handelskammer und im Arbeitgeberverband mit gewichtiger Stimme vertreten; sein Rat wurde geschätzt. Oft wurde er gelobt für die vorbildliche Ausbildung junger Leute und jährlich hat das Unternehmen zwei oder drei Stipendien für in Naturwissenschaft herausragende Abiturienten vergeben.

Doch mit zunehmendem Erfolg wurde der Wettbewerb aggressiver und agierte nicht immer mit sauberen oder erlaubten Mitteln. Da wurden größere Schmiergeldsummen eingesetzt, vor allem in der dritten Welt, und manchmal kam Isidor Bildstein auch nicht umhin, mit gewissen Beiträgen oder Vergünstigungen Paroli zu bieten, obwohl das nach deutschem Recht nicht legal und zulässig war. „Der Zweck heiligt die Mittel und wo kein Kläger, da kein Angeklagter", war seine Devise. Bis heute scheint in vielen Ländern der Dritten Welt das Bakschisch-Unwesen eine nicht auszurottende Seuche zu sein. Ohne Scheine im Kuvert oder bar auf die Hand ging in exotischen Regionen nichts und wer die größte Summe bot, der bekam die Aufträge und den Zuschlag.

Dann griff die Unsitte immer mehr um sich, über spezielle Medien und Fachzeitschriften Unwahrheiten zu kolportierten. Schnell wurde ein fieses Gerücht in die Welt gesetzt und die Medien griffen es gierig auf: „Bad news are good news" lautet deren Motto. Das zog wie ein Lauffeuer durch die Lande, berechtigte Dementis blieben dagegen nur sanfte Lüftchen.

Mehr als einmal tauchte das Gerücht auf, das Unternehmen sei insolvent, ohne dass die Urheber ausfindig gemacht und gefasst werden konnten. Dabei konnte Bildstein diese Unwahrheit leicht widerlegen. Das Unternehmen war sehr solvent und überdurchschnittlich kapitalkräftig. Das aber ins Bewusstsein zu bringen, bedurfte mancher Artikel in der „Frankfurter Allgemeinen" oder im „Handelsblatt" und immer wieder lud er auch Wirtschaftsjournalisten nach Nordrach in sein Unternehmen ein, damit diese sich vor Ort ein objektives Bild machen konnten.

Gegen unwahre Gerüchte anzugehen brauchte es schwergewichtige Kapazitäten ausgebuffter Profis aus dem Kreis der Journalisten, die das Innenleben der Redaktionen aus dem Effeff kannten und Kontra geben konnten, und Bildstein beschäftigte nur die Besten. Noch zeitaufwendiger waren anonyme Anzeigen, die in schönen Abständen bei den Gerichten und dem Finanzamt eingingen. Unwahre Vorwürfe wurden behauptet und gleich auch der Presse zugespielt, denen begegnet werden musste und die Bildstein viel von seiner so schon knapp bemessenen Zeit raubten und noch mehr sein Nervenkostüm strapazierten, sodass er mit den Jahren immer dünnhäutiger wurde.

In der Folge dieser Angriffe wurde er von Jahr zu Jahr reizbarer und das hatten erstens seine Familie auszubaden, ebenso und vor allem seine engsten Mitarbeiter. Bei jeder neuen Schmutzattacke vermutete er eine undichte Stelle im Hause und schnell machten sich Verdächtigungen breit. Entsprechend hoch war seit Jahren die Fluktuation unter den Führungskräften. Dies verwunderte nicht, denn sie verdienten zwar überdurchschnittlich gut, hatten aber immer schon einen schweren Stand. Sie saßen wahrlich auf einem Schleudersitz, was sich bei Aussicht auf eine stattliche Abfindung aber durchaus kalkulatorisch im Griff behalten ließ. Sämtliche Entscheidungen blieben beim Firmeninhaber und nichts wurde gegen seinen Willen geplant oder durchgesetzt; der Chef regierte wie ein Diktator und da nützten weder Prokura noch andere Vollmachten. Wehe, ein Mitarbeiter hätte etwas entschieden, ohne vorher seine Zustimmung eingeholt und das Vorhaben abgesegnet zu haben.

So sahen sich die engsten Mitarbeiter eher als Befehlsempfänger und nicht als Verantwortliche in der Führungsebene und nicht als kreative Gestalter. Wer das nicht wollte, der ging – und er ging nicht selten im Streit. Dem folgten in der Mehrheit der Fälle heftiges Nachtreten und prozessuale Auseinandersetzungen. Und fast zwangsläufig sickerten vor Gericht bei solchen Streitigkeiten Internas durch. Wie immer in solchen Fällen, was im Kopf an Wissen und Erfahrung gespeichert ist, geht mit, wenn ein Mitarbeiter die Firma wechselt. Da lässt sich manches in gutes Kapital umsetzen. Das wird leider bei Kündigungen immer noch von vielen Entscheidern vergessen oder nicht ausreichend beachtet. Da schützen sämtliche Verträge nicht vor einem Missbrauch.

Fatal war es immer dann, wenn Informationen und Hinweise zu zukünftigen Entwicklungen von Maschinen und Systemen in falsche Hände gerieten oder frühzeitig nach außen drangen, wenn Kundendaten dem Wettbewerb zugespielt wurden. Konnte Bildstein irgendwelche Hinweise in dieser Richtung feststellen, dann erstattete er ohne Rücksicht auf die Person eine Anzeige und ließ das Delikt gnadenlos verfolgen, verbunden mit saftigen Schadenersatzansprüchen, die aber meistens ins Leere gingen. Wer es darauf abgesehen hatte, dem Unternehmen zu schaden, der fand auch geeignete Mittel und Wege. Nicht selten lieferten gewiefte Detektive Bildstein die nötigen Beweise. Was nützte aber ein positives Gerichtsurteil, wenn beim Verurteilten nichts zu holen oder der immaterielle Schaden nicht zu fassen und nicht mehr auszugleichen war. Einem nackten Mann konnte auch ein Bildstein nicht in die Tasche fassen.

6

Dunkle Wolken ziehen auf

Außer den erwähnten auffälligen Veränderungen in der Psyche und Persönlichkeitsstruktur des Unternehmers kamen peu à peu noch weitere, teils alters- oder stressbedingt gesundheitliche Probleme hinzu. Urlaub kannte Isidor seit Jahren nicht mehr und die vielen strapaziösen Reisen in alle Welt forderten nachhaltig ihren Tribut. Er war ja auch nicht mehr der Jüngste, und andere in seinem Alter und in gesicherter finanzieller Position, hätten sich da schon Mitte der fünfzig oder mindestens mit sechzig vorzeitig aufs Altenteil zurückgezogen. Sie würden ihren dritten Lebensabschnitt entspannt in Cannes an der Côte d'Azur, auf Mallorca, Teneriffa oder Sylt genießen. Andere freute sich schon auf ihre Rente und planten den vorgezogenen Ruhestand. Das wollte Isidor aber partout nicht einsehen und nichts davon wissen, nicht einmal in stillen Stunden daran denken.

Während einer Geschäftsreise erlitt er in Florida (USA) einen Schwächeanfall und musste in der Klinik versorgt werden. War es der lange Flug, die mit dem Land verbundene Luftveränderung, die hohen Temperaturen in diesem südlichen amerikanischen Sunshine-State oder die Anstrengungen der Verhandlungen? Es wird sich nicht mehr feststellen lassen. Jedenfalls hatte Bildstein massive, gesundheitliche Probleme.

Mit dem Emergency Medical Service und Paramedics, wurde er in das West Florida Hospital in Pensacola eingeliefert. Nach 4 Tagen hatten die Ärzte Bildstein soweit stabilisiert und er konnte das Hospital verlassen. Das alles kostete ihn rund 30'000 Mark, die er überweisen musste. Eine Zusatzkrankenversicherung hatte er natürlich nicht abgeschlossen. „Brauche ich nicht, ich werde doch nie krank", so zuvor seine Ablehnung zu entsprechend gutgemeinten Ratschlägen. So schnell wie möglich flog er nach Hause, sah aber keinen Grund irgendetwas an seinem Lebensstil zu ändern. „Das war nur ein kurzer körperlicher Ausrutscher; ich bin eben nicht mehr der Jüngste. Das wird sich wieder gehen."

Das nächste Mal ereilte ihn das Malheur an einem Wochenende im Büro. Zum Glück waren noch Personen anwesend, die es schnell genug mitbekamen und den Notarzt verständigten. Der Hausarzt und sämtliche Spezialisten, die er konsultierte, rieten ihm dringend kürzerzutreten und häufiger zumindest einige Tage zwischendurch auszuspannen, sowie einmal im Jahr eine Auszeit über minimal zwei Wochen zu machen. Von Einsicht war Bildstein jedoch weit entfernt. Doch es kam noch schlimmer, ohne dass er selbst die Diagnose erkannte, peu à peu traten schwere Depressionen auf. Er fühlte sich niedergeschlagen, wie gelähmt und ohne jeglichen inneren Antrieb. Damit konnte Isidor Bildstein gar nicht umgehen. Er, bisher ein Mann voller Tatendrang und geballter Energie, fühlte sich tageweise wie in Watte, total leer, ausgepumpt und am Boden zerstört. Sein Gedankenkarussell dreht sich unaufhörlich im Kreis und raubte ihm in der Nacht den so wichtigen, erholsamen Schlaf, den er nach einem 16-Stunden-Tag eigentlich bedurft hätte. Der Pulsschlag blieb dauerhaft hoch und der Atem ging ihm schwer. In solchen Phasen fühlte er sich hundeelend und dann durfte ihm niemand dumm in die Quere kommen.

Eine andere Entwicklung war noch beängstigender. Mit seiner Frau hatte er seit Jahren häufig Auseinandersetzungen. Sie hatte es von Anfang an nie überwinden können, und nicht akzeptiert, dass er so oft nicht zu Hause ist. „Du hast doch gute Leute, die fähig sind und die gerne reisen. Lass doch deine Mitarbeiter, deine Angestellten die Kunden in aller Welt besuchen", warf sie ihm oft an den Kopf. Je älter sie wurde, desto mehr überhäufte sie ihn mit Vorwürfen. „Wir existieren für dich doch gar nicht mehr. Du bist mit der Firma verheiratet. Weißt du überhaupt was deine Kinder wollen und brauchen? Du bist nicht für mich und nicht für deine Kinder da; nie und nimmer. Gerade die sind als Jugendliche in einer schwierigen Phase und ich komme kaum noch mit ihnen klar." Wenn er ihr Gejammer, ihre Vorhaltungen nicht mehr hören wollte, verließ er wütend das Haus und nächtigte im Büro. Hier hatte er dafür ein Einzimmerapartment mit Bad zur Verfügung und da seine Ruhe.

Irgendwann stellte er beiläufig oder eher zufällig fest, dass seine Frau heimlich Alkohol trank und speziell harte Sachen wie Cognac oder Whisky. Später stand sie ganz offen zu ihrer Sucht und hielt sich auch in seiner Anwesenheit nicht mehr zurück. Zuerst versuchte er es mit Ignorierung, dann mit guten Ratschlägen, schließlich machte er ihr heftige Vorwürfe, und einmal, da sie ihn betrunken zu sehr reizte und nervte, dreht er durch und wurde handgreiflich. Im Alkoholnebel hatte sie ihm eine böse Szene und massive Vorwürfe gemacht. Das konnte er gar nicht vertragen. Hinterher tat es ihm leid und er entschuldigte sich, war sich aber wohl bewusst geworden, etwas war zerbrochen. Sie führten schon lange nur noch eine Zweckehe.

Dann waren es zu seinem Leidwesen auch seine beiden Kinder, die sich seit der Pubertät immer aufbrausender gegen ihn gaben. Das machte ihn ärgerlich und er wusste überhaupt nicht damit umzugehen. Zuerst versuchte er es mit Verboten, dann mit Belohnungen, beides verfehlte seinen Zweck. Der Bezug zu den Kindern fehlte ihm völlig und er fand keinen Schlüssel, keinen Zugang zu deren Innerstem. Gefühlsduseleien waren ihm eh schon von Natur aus fremd. Die Erziehung hatte er von Anfang an seiner Frau überlassen und da genossen sie Freiheiten, die ihm häufig zu weit gingen. „So etwas gab es in meiner Jugendzeit und bei meinen Eltern zu Hause nicht", war ein gerne verwendetes Argument. „Und solange ihr eure Füße unter meinen Tisch streckt, habt ihr mir zu gehorchen, habt ihr verstanden!" Solche althergebrachten Floskeln zogen bei der jungen Generation nicht mehr. Genutzt hat es also nie, im Gegenteil, die Kinder erwiesen sich bockiger und aufsässiger je älter sie wurden.

Längst hätten die Alarmglocken bei ihm schrillen müssen, spätesten als ihm Briefe der Schulleitung in die Hände gefallen waren, die von massiven Schwierigkeiten sowohl beim Sohn wie auch der Tochter in der Schule berichteten, und dass die Versetzung gefährdet sei. Wieder schob er die Verantwortung an seine Frau ab und erwartete von ihr die Einleitung aller nötigen Maßnahmen, statt dass er sich selber darum gekümmert hätte, und wenn es nur ein Anruf bei der Schulleitung gewesen wäre. Solche Gespräche hätten ihm vielleicht einmal die Augen etwas geöffnet. Nur wenn er einmal zu Hause war und sie ihm mit vielen Worten Geld aus der Taschen zogen, kam er mit ihnen ins Gespräch.

Das ging schon Jahre so und nur mit Ach und Krach schafften seine Kinder jährlich das Klassenziel und eine Versetzung; vielleicht auch, weil die Lehrer – mit Rücksicht auf den prominenten Vater – mehr als einmal beide Auge zugedrückt hatten. Die Tochter ging in Gengenbach aufs Gymnasium, während der Sohn gezwungenermaßen hatte nach Hausach wechseln müssen und dabei ein Jahr verlor. Da gab es Tage, bei denen Isidor meinte, die ganze Welt habe sich gegen ihn verschworen. Ihn quälte zunehmend die Frage: „Was habe ich falsch gemacht? Ich habe ein erfolgreiches Unternehmen aufgebaut, das zu den Besten der Welt gehört, hunderte Mitarbeiter finden bei mir Lohn und Brot und ich trage Verantwortung für sie. Warum nur ist meine eigene Familie so sehr gegen mich?" Je mehr die Schwierigkeiten in der Familie zunahmen, umso schneller zog es ihn wieder in die weite Welt, wie eine Flucht aus der Wirklichkeit oder weg vor der Verantwortung.

Gerade das war es aber, was ihm gesundheitlich sehr zu schaffen machte und unter die Haut ging: Er hatte keinen Hafen mehr, keinen Ruhepol, wo er sich nach den anstrengenden Reisen hätte zurückziehen, erholen und neue Kraft tanken können. Da war nichts, was ihm Ablenkung verschaffte, was ihn auf andere Gedanken brachte und ihn wieder hätte erden oder „entschleunigen" können, wie es neuerdings auf neudeutsch heißt.

Sicher, sein Unternehmen und das Verkaufen war sein Hobby, seine Leidenschaft, die Psyche eines Menschen braucht aber mehr, um innerlich ausgeglichen zu sein, und nur ein Mensch, dessen Inneres im Lot ist, kann gelassen und überlegt selbst stürmische Zeiten überstehen und souverän agieren. Diese Energie-Quelle fehlte im völlig.

7

Internationale Erfolge

Unterdessen entwickelte sich das Unternehmen von Jahr zu Jahr prächtig und weiter sehr positiv. In den Büros wurden Computersysteme eingeführt und längst war das Fax ein wichtiges Kommunikationshilfsmittel geworden. Seit Anfang der 90er Jahre gab es zudem Internet und bald auch regen E-Mailverkehr. Der wichtigste Vorteil daraus war, alles ging viel schneller. Die moderne Technik vereinfachte wesentlich die weltweite Kommunikation mit den Händlern und Kunden. Seine Ingenieure erfanden umwälzende Neuentwicklungen und die Patente sicherten auf Jahre deren Nutzung. In der Branche hatte das Unternehmen immer eine Handbreit die Nase vorn.

Besonders stolz war Bildstein, und mit ihm die gesamte Führungsmannschaft, auf den in den USA überreichten „IWF Challengers Award"; nur einer von mehreren an ähnlichen renommierten Auszeichnungen, die das Unternehmen weltweit noch bekannter machten und Interesse in den Zielbranchen weckten.

Auf den internationalen Messen der Welt wurden die Messestände von Interessierten und potentiellen Kunden regelmäßig überrannt und das brachten jährlich zweistellige Umsatzzuwächse und satte Gewinne. Sie waren für die Unternehmensgruppe inzwischen das wichtigste Absatz- und Marketinginstrument und Bildstein lebte auf, wenn er sein Produktportfolio persönlich präsentieren konnte. Dank dem Interesse an seinen Systemen, war nicht nur die Produktion auf Jahre in den Unternehmen ausgelastet. Es wurde auch gutes Geld dabei verdient und man hatte es nicht nötig, sich in Preiskämpfen zu zerfleischen. Längst brauchte Isidor Bildstein von den Banken keine Kredite mehr. Sein Privatvermögen belief sich derweil auf eine zweistellige Millionensumme und die Betriebserweiterungen und Modernisierungen konnten allesamt aus Eigenmitteln der Gruppe finanziert werden.

War er auf Messen und internationalen Ausstellungen präsent oder über Tage auf Geschäftsreisen unterwegs, verbrachte der Unternehmer zahlreiche Stunden mit Entscheidungsträgern und wichtigen Leuten bei Geschäftsessen oder abends beim Umtrunk. „Kontaktpflege", nannte er das. Immer war auch weibliche Gesellschaft dabei. Die Frauen fungierten als Dolmetscherin, Assistentin der Geschäftsleitung im Kreis der Händler und Kunden oder in welcher Funktion auch immer. Solche Damen waren selbstbewusst und ausnahmslos attraktiv und nicht wenige hofierten Bildstein. Auf die Idee, dass sein Geld oder der Vorteil in einer besseren geschäftlichen Beziehung eine Rolle spielen könnte, darauf kam er gar nicht. Er fühlte sich einfach nur geschmeichelt und das tat seinem Ego gut.

Nach einigen Gläsern Wein oder anderen alkoholhaltigen Getränken – und er konnte da einen Stiefel vertragen – landete manchmal die eine oder andere gesellige weibliche Gesellschaft bei ihm im Hotelbett. „Soll ich immer nein sagen?", beruhigte er sein Gewissen. Die Frauen waren durchweg alle in den Vierzig und damit längst lebens- und liebeserfahren. Sie waren gebildet und er konnte mit ihnen auf hohem Niveau diskutieren. Als Mann war er noch voll auf der Höhe, wenn er sich auch schon biologisch im Herbst des Lebens befand. Da konnte er mithalten und es regte nicht nur seine Lust an, es inspirierte allgemein sein Wohlbefinden. Schon aus diesem Grund suchte er gerne die körperliche Entspannung und danach ging er am anderen Tag jugendlich beschwingt wieder seinem eigentlichen Geschäft nach; wie im jungen Frühling. Oder treffender formuliert es der Volksmund: „Bei dem ist der zweite Frühling ausgebrochen!"

Zu Hause stimmte das intime Zusammensein mit seiner Frau schon lange nicht mehr, wie es nach über 25 Jahren Ehe eigentlich noch sein sollte. Er kannte allerdings auch nicht sehr viele andere Ehepaare, bei denen es nach dieser langen Ehezeit besser ging.

Bei ihm spielte immer mehr die Alkoholsucht seiner Frau eine negative Rolle. Wenn sie wieder im Delirium schwadronierte, verspürte er wirklich keine Lust auf ein intimes Zusammensein mit ihr, im Gegenteil, es wirkte abstoßend. Sie machte ihm dann wieder Vorwürfe und das konnte er erst recht nicht vertragen. „Da bleib ich lieber im Büro und muss mir das leere Gerede oder hohle Gejammere nicht länger anhören", sagte er einmal ärgerlich zu ihr, und das trug nicht unbedingt zu einer Verbesserung der Situation oder Entspannung bei. Ja, seine Frau fühlte sich dadurch tief gekränkt und das ertränkte sie in weiterem Alkohol. Unter diesem Aspekt meinte er, die netten Amouren stünden ihm zu. Sie taten ihm gut und für das Geschäft hielt er es auch förderlich – vielleicht war es das manchmal auch tatsächlich, wer weiß das schon?

8

Das Schicksal schlägt erbarmungslos zu

Seit dem Verhängnis im eskalierten ehelichen Streit und dem Ärger mit den Kindern waren weitere 5 Jahre ins Land gezogen. Gebessert hatte sich nichts, weder in seiner Ehe noch im Umgang seiner Kinder mit ihm, dem Vater. Im Gegenteil, der Sohn war in Hausach vom Gymnasium geflogen und nur mit Mühe und Beziehungen war es Bildstein gelungen, ihn in Offenburg unterzubringen. „Ich hatte ja nie einen Vater, wenn ich ihn gebraucht hätte", war sein trotziger Vorwurf. Seine Tochter wurde mit Rauschgift erwischt und in der Schule abgemahnt. Dann ertappte er sie selbst an einem Sonntagabend völlig betrunken. Ahmte sie darin seine Frau nach, folgte die Tochter der Veranlagung ihrer Mutter?

Nachdem ihm bewusst geworden war, dass dies nicht so weitergehen konnte, hatte er alles versucht und unternommen, teure Psychologen engagiert, die besten Ärzte konsultiert. Seine Frau lehnte aber jeden Rat und jegliche Hilfe ab und schaltete auf stur. Zu den Kindern hatte er völlig den Zugang und den Einfluss verloren. Sie wehrten sich vehement gegen jegliche Einmischung. „Wir sind volljährig, du hast uns nichts mehr zu sagen und zu bestimmen!" Zudem überhäuften sie ihn mit Vorwürfe, insbesondere wegen dem Zustand der Mutter, der ihnen mit der Zeit ja auch nicht verborgen geblieben war. Auch hier gaben sie dem Vater die alleinige Schuld. Wenn sich die Situation wieder verschlimmerte und in den wenigen Stunden, wenn er zu Hause war, im Streit endete, flüchtete Isidor, ging auf Verkaufstour, reiste in die USA oder nach Japan und Australien; Hauptsache weit weg. Auf so einem Trip erreichte ihn in den USA aus heiterem Himmel der Anruf aus der Zentrale mit der überraschenden Nachricht, dass seine Frau zu Hause tot aufgefunden worden war.

Umgehend flog er nach Frankfurt zurück, wurde dort abgeholt, und zu Hause ließ er sich berichten, was da vorgefallen, was ursächlich für den plötzlichen Tod war. Seine Kinder lebten seit zwei bzw. einem Jahr außer Haus und jeweils in einer kleinen Eigentumswohnung im Dorf, die er ihnen gekauft hatte. Den Sohn hatte es wieder einmal bewogen zu Hause einen Besuch zu machen, was selten genug vorkam. Dabei wollte er wieder einmal nach der Mutter sehen, oder hatte vielleicht Wünsche, was er danach nicht mehr verriet. Einen Hausschlüssel besaß er immer noch, deshalb betrat er ahnungslos das Haus, suchte nach der Mutter, die auf sein Rufen hin keine Antwort gab, und betrat schließlich auch das Schlafzimmer. Dort fand er seine Mutter auf dem Boden liegend und sie war offensichtlich schon länger tot. Sie lag in einer Blutlache und Erbrochenem mit dem Gesicht nach unten. Der herbeigerufene Notarzt stellte fest, dass sie schon mindestens zwei Tage so gelegen haben muss. Wie die Autopsie in Heidelberg ergab, hatte die Frau vermutlich – total betrunken – noch einmal das Bett verlassen, ist unglücklich gestürzt und brach sich dabei das Nasenbein, danach war sie dann an Erbrochenem erstickt.

Die Bestattung wurde erst 14 Tage später möglich, da die Staatsanwaltschaft automatisch in so einem ungeklärten Todesfall eingeschaltet werden muss. Die Autopsie dauerte eini-

ge Tage und erst dann wurde die Leiche freigegeben. Das beauftragte Bestattungsunternehmen holte die Leiche von der
Pathologie in Heidelberg ab und nun konnte die Trauerfeier in
der Dorfkirche St. Ulrich stattfinden, mit anschließender Erd-
bestattung auf dem Friedhof nebenan.

Das halbe Dorf nahm an der Beerdigung teil, zeigte sich
aber betont gegenüber dem versteinert wirkenden Bildstein
demonstrativ distanziert. Hoch gingen da und dort die Emoti-
onen und die Gerüchteküche brodelte. Er spürte hautnah, alle
gaben ihm die Schuld, dabei war er sich einer solchen absolut
nicht bewusst. Ihm ging es immer nur um das Wohl und Wehe
der Familie und seines Unternehmens. „Sieht das den niemand, kann das keiner verstehen? Mein Tag hat doch auch nur
vierundzwanzig Stunden und ich bin doch auch nur ein
Mensch aus Haut und Haaren."

Noch mehr ärgerte, bedrückte und belastete ihn die Dis-
tanziertheit seiner Kinder. Sie redeten nicht mit ihm, oder
wenn sie es taten, dann nur knapp und in Stichworten das,
was unbedingt nötig war. Nach der Beerdigung hatte Bildstein
die Trauergemeinde zum sogenannten Leichenschmaus ins
Gasthaus Stube geladen. Nur relativ wenige aus der weitläufigen Verwandtschaft beider Linien und aus der Bevölkerung
waren der Einladung gefolgt, obwohl es Kaffee, Kuchen und
belegte Brote gab; freie Getränke obendrein.

Und im Gasthaus setzten sich Sohn und Tochter demonstrativ weit entfernt von ihm an den Tisch. Nur der Pfarrer, Isidors Bruder und die Schwägerin saßen direkt bei ihm.
Zum Rest der Verwandtschaft hatte er auch ein gestörtes Verhältnis. Offensichtlich standen alle zu der Verstorbenen und
nahmen ihm übel, dass seine Frau der Alkoholsucht erlegen
war.

Selbst vonseiten des Unternehmens gab es keine große Anteilnahme und tröstenden Zuspruch. Bildsteins Frau war persönlich im Unternehmen nie groß in Erscheinung getreten. Sie war eigentlich immer nur bei Ehrungen und allenfalls bei Feiern und bestimmte Veranstaltungen an der Seite ihres Mannes einmal anwesend gewesen. Ansonsten wusste keiner mehr, als das, was ihnen gerüchteweise zu Ohren gekommen war und in der Umgebung längst seine Kreise gezogen hatte.

Kirche St. Ulrich mit dem Friedhof nebenan

9

Eine neue Partnerin bietet sich an

In den ersten Monaten nach dem Tode seiner Frau stürzte sich Isidor Bildstein noch mehr in die Arbeit. Es trieb ihn einfach hinaus in die Welt, heraus aus der kleinbürgerlichen Welt des engen Dorfes, mit den vielen, ihm engstirnig vorkommenden Menschen. Nur sporadisch ließ er sich im Unternehmen blicken, hatte jedoch zu den führenden Mitarbeitern regelmäßige Kontakte und in seiner Sekretärin eine sichere Quelle für alle erforderlichen Informationen. Man kann durchaus sagen, nichts blieb ihm verborgen und er zog selbst aus der Ferne straff alle Fäden.

Erneut war es bei durchwachsenem Wetter in den ersten Monaten des Jahres Frühling geworden. Der Winter und die Frosttage hatten sich lange gehalten, die Menschen hatten das schlechte Wetter über, dafür aber die Fasnachtstage entsprechend ausgelassen gefeiert. Der Überlieferung nach, soll mit dem Narrengeist ja der Winter ausgetrieben werden. Die Hexen, Hemdglunkerle und Glashansele [1] haben sich viel Mühe gegeben und sehr ins Zeug gelegt. Die Fasent ist in dem närrisch geprägten Tal immer ein bedeutendes Ereignis, das jeder echte Narr dick im Kalender angestrichen hat. Zudem bot

---

[1]) Fasentfiguren in Nordrach

es kreativen Gruppen gute Gelegenheit, in den Gasthäusern und bei diversen Veranstaltungen Anekdoten aus dem Dorfleben und Geschehnisse des Ortes zu glossieren. Witzig wurde da manche Begebenheit im Laufe des Jahres durch „den Kakao gezogen". Da blieb Isidor Bildstein nie außen vor.

Geholfen hat die närrische Winteraustreibung in diesem Jahr wenig, es war weiterhin eher nass und regnerisch geblieben. Davon unbeeindruckt begann in Hannover die jährlich stattfindende Industriemesse; eine der Bedeutendsten in der Welt. Das Nordracher Unternehmen gehörte seit Jahren zu den Stammkunden unter den Ausstellern, und das internationale Publikum sicherte im Anschluss daran gute Abschlüsse und Geschäfte. Das ließ sich Bildstein nie entgehen, und es war ihm sehr wichtig, nebenbei selber noch die Kontakte zu seinen Kunden zu pflegen. Dazu wurden schon im Vorfeld ausgewählte Führungskräfte wichtiger Partner gezielt eingeladen, die es dann auch im Nebenprogramm umfassend zu betreuen galt.

Bei solchen Zusammenkünften lief Isidor Bildstein regelmäßig zur Hochform auf, da konnte er richtig Charme entwickeln. Während den Messetagen residierte er standesgemäß im 5-Sterne-Haus Steigenberger Hotel und abends lud er gerne ein paar wichtige Partner zu sogenannten Nachmesse-Gesprächen ein. Die übrige Zeit nach einem guten Essen verbrachte man dann gerne bis nach Mitternacht an der Bar. Nicht selten gehörte weibliche Gesellschaft dazu. Eines Abends waren sie nur noch zu dritt; ein Einkäufer aus den USA und ein Firmeninhaber aus Kanada. Da gesellte sich zu später Stunde eine rassige, dunkelhaarige Frau mit eleganter Erscheinung dazu. Ihr Alter schätze er so um die vierzig und es ergaben sich wechselseitig geistreiche, witzige Gespräche. Die Frau hatte lange Beine und der anthrazitfarbene, gut geschnittene

Hosenanzug betonte ihre wohlgeformte Weiblichkeit. Nach einer Weile verzogen sich die Gäste und Isidor blieb mit der jungen Frau alleine zurück. Sie machte einen großartigen Eindruck auf ihn und er erfuhr, dass sie in Stuttgart wohnt und ebenfalls geschäftlich in Hannover weilte. Was sie so macht und für wen, blieb offen und er wollte auch nicht weiter nachbohren. Nach einem Absacker verabschiedete er sich von ihr, aber nicht ohne vorher zu verabreden, sich am nächsten Abend nach 22 Uhr genau hier wieder, am gleichen Platz zu treffen.

Ziemlich aufgekratzt – und das kam nicht vom Wein und Cognac alleine – zog er sich in sein Zimmer zurück und in der Nacht ging ihm die selbstbewusste Klassefrau nicht aus dem Sinn. Er ärgerte sich ein wenig über sich selbst. „Ich bin doch kein Teenager mehr, warum macht mich die Frau so an?" Trotzdem konnte er es am nächsten Tag kaum erwarten, ihr wieder zu begegnen und sie zu sehen. Bei seiner geschäftlichen Kundenpflege sorgte er vor, dass er gegen 22 Uhr keine weiteren Verpflichtungen mehr im Terminkalender standen und er tatsächlich solo war.

Bei seinem Eintritt in den leicht abgedunkelten Raum saß sie schon auf dem Barhocker und erwartete ihn bereits. Vivien war ihr Name, wie er am Vorabend schon erfahren hatte. Sie sah wieder blendend aus, hatte nun ein enganliegendes Kleid an, das ihre langen Beine und die weibliche Figur erst richtig zur Geltung brachte und betonte. Freudig begrüßte er die Dame, gab Küsschen links und rechts und stellte gleich die Frage: „Darf ich eine Flasche Champagner bestellen?", was sie nickend und mit feinem Lächeln bejahte. Daran schloss sich ein anregendes Gespräch über dies und das an, und unversehens war Mitternacht vorbei. Isidor bewunderte ihr Allgemeinwissen und nahm bewusst ihre positive Ausstrahlung wahr, die sie wie ein strahlender Engel auf die Umgebung ausübte. Geradezu anziehend wirkten ihre stahlblauen Augen, dazu kam natürlicher Witz, gepaart mit Schlagfertigkeit. Alles in allem, er war hin- und hergerissen und sehr in die Frau verknallt. Angeregt durch die Unterhaltung und etwas angeheitert durch den Champagner und weitere Drinks, folgte sie seiner Einladung ins Zimmer und der lange Tag wurde gekrönt mit einem leidenschaftlichen Abschluss im Bett. Hinterher hatte er sich gewundert, wie leicht es ihm gelungen war, die selbstbewusste Frau, die er so bewunderte, auf sein Zimmer zu bringen. „Ich gehöre halt doch noch nicht zum alten Eisen", stellte er selbstzufrieden fest. Auf die Idee, dass sie eventuell ihn mit besondere Absichten ins Bett gelockt hatte, kam er nicht.

Vivien war fraulich eine Wucht, ihre Aktivität im Bett raubte ihm schier den Atem. Solche eine Leidenschaft hatte er schon lange nicht mehr erlebt. Gerade an das einstige Zusammensein mit seiner Frau, wollte er in diesem Augenblick nicht mehr denken, das war pure Hausmannskost. Dann waren da aber immerhin noch viele amourösen Begegnungen mit nicht wenigen, ebenfalls vorzeigbaren Persönlichkeiten des weiblichen Geschlechts, die ihm im Grunde aber nichts bedeutet hatten. Sie waren einfach ein Zeitvertreib und gut für sein Selbstbewusstsein und dem Wunsch, in allem der Beste zu sein. Das, was er nun mit dieser Frau empfand, war ganz anders. Sie war nicht nur gebildet, eine elegante Erscheinung, sie redete nicht zu viel aber genau das Richtige zum rechten Zeitpunkt – und sie tat ihm körperlich gut. „Du bist ein Vamp, du saugst mich aus", flüsterte er ihr während der intimen Stunde ins Ohr, „du machst mich wahnsinnig, du süßes Biest."

Tags darauf endete die Messeveranstaltung und er hatte anschließend den Kalender voller Termine mit wichtigen Besuchen. Die Nachbearbeitung der Messekontakte stand an und noch einige Einladungen zu Kongressen und diversen Fachvorträgen. Selbstverständlich musste er sich zwischendurch auch wieder einmal in Nordrach und in der Firma blicken lassen, schon weil er wusste: „Ist die Katze aus dem Haus, tanzen die Mäuse auf dem Tisch!" Da durfte er nichts anbrennen lassen. Zudem standen einige wichtige Entscheidungen zum Abschluss an, die seine persönliche Anwesenheit zwingend forderten.

Am letzten Tag verabschiedete er sich aus vielfältigen Gründen und etwas Wehmut schon morgens von seiner Muse, nicht ohne das nächste Treffen zu vereinbaren. Er hatte ihr vorgeschlagen, drei Wochen später am nächsten freien Wochenende gemeinsam zwei Tage im Hotel Traube in Baiersbronn-Tonbach zu verbringen. Das lag ungefähr auf der Hälfte der Distanz zwischen beiden Wohnorten. Sie sagte wider Erwarten sofort zu und er spürte, dass ihm das Blut wie bei einem Primaner in den Kopf stieg, und er war froh, dass sich die Angebetete schon umgedreht hatte und nicht sah, wie sich sein Gesicht rötete.

Die drei Wochen vergingen wie im Fluge und Isidor hatte es kaum erwarten können, Vivien, sein neuer Schwarm, endlich wiederzutreffen. Derweil hatte seine Sekretärin für Samstag und Sonntag ein Doppelzimmer im Hotel Traube buchen und reservieren lassen. Der Samstag kam und schon nachmittags traf Isidor in Baiersbronn ein. Das Hotel liegt weit abseits in einem romantischen Seitental. Leider regnete es bei der Ankunft, sodass er von der Idylle des romantischen oberen Murgtals wenig mitbekam. Die äußeren Umstände störten ihn allerdings weniger, mehr waren seine Gedanken bei dem, was die nächsten Stunden, der nächste Tag ihm bringen würde. Er sehnte sich geradezu an das körperliche Zusammensein mit der reifen Frau. An der Rezeption forschte er nach, ob Vivien schon da sei. Sie war es nicht, deshalb hinterließ er für sie eine Botschaft und ging auf das zugeteilte Zimmer.

Er hatte sich erst kurz eingerichtet, da kam sie auch schon. Zuerst brachte sie ihm eine Bitte vor: „Ich habe mich mit dem Taxi von Stuttgart bringen lassen. Der Fahrer nimmt aber keine Kreditkarte. Hast du Bargeld und kannst du die Fahrtkosten für mich übernehmen? Ich gebe dir den Betrag bei nächster Gelegenheit zurück!" Isidor stutzte kurz, dachte aber nicht weiter darüber nach. „Natürlich, ich übernehme die Reisekosten, das geht schon in Ordnung. Du brauchst mir nichts zurückgeben." Schon nahm er den Hörer in die Hand und bat die Rezeption den Pagen aufs Zimmer zu schicken, dem er das Geld zur Übergabe an den wartenden Taxifahrer in die Hand drückte und dazu noch ein gutes Trinkgeld gab.

Vivien richtete sich kurz im Zimmer ein, erfrischte sich dann im Bad, anschließend tranken sie ein Glas Champagner, den Isidor schon hatte bringen und kaltstellen lassen. „Auf das Wiedersehen und ein kurzweiliges, spannendes Wochenende, worauf ich mich sehr gefreut habe", flüsterte Vivien ihm ins Ohr und gab ihm einen Kuss.

„Jetzt könnte ich ein Kännchen Kaffee und ein Stück Kuchen vertragen", meinte Isidor. „Gehen wir in die Traube-Bar, da können wir hinterher noch eine Weile sitzen bleiben und plaudern, bis es Zeit für das Abendessen wird. Für das Abendessen habe ich zwei Plätze in der Schwarzwaldstube reservieren lassen. Das war kurzfristig gar nicht so einfach", ließ Isidor mit etwas Stolz in der Stimme durchblicken. Es ging nur, weil wir Gäste des Hauses sind und noch ein Tisch mit zwei Plätzen frei geblieben waren."

Sie hakte sich bei Isidor unter und so betraten sie die Bar und ließen sich vom Barchef Bernhard Stöhr einen Platz zuweisen. Isidor war sichtlich stolz über seine elengante Begleiterin und bestellte einen doppelten Espresso und eine Schwarzwälder Kirschtorte, Vivien wollte gerne einen Cocktail haben. Beim Erzählen über Einzelheiten und Erlebnisse der vergangenen Tage, wobei Isidor mehr von seinen Reisen und seinen geschäftlichen Erfolgen berichtete, verging schnell die Zeit wie im Fluge. Das wollte Vivien irgendwann etwas auflockern und versuchte es mit einem Witz. Der ging so: „Ein Schweizer, ein Hannoveraner und ein Schwabe saßen zusammen im Abteil eines Zuges. Fragte der Schweizer den Hannoveraner: Sin si scho s'Züri gsi? Wie bitte?, antwortete der Gefragte, der nichts verstanden hatte. Sin si scho s'Züri gsi? (Sind sie schon in Zürich gewesen?) Meldete sich der Schwabe: Gwä moint'r, gewä!" (Gewesen meint er, gewesen).

Bevor sie in die Schwarzwaldstube wechselten, zogen sie sich aber kurz ins Zimmer zurück, um sich noch einmal zu erfrischen und die passende Garderobe für das exklusive Restaurant zu wählen. In diesem Restaurant wurden sie von keinem geringeren wie einem der besten Köche Europas verwöhnt.

Das vom 3-Sterne-Koch Harald Wohlfahrt kreierte Abendessen, war eine Krönung; geradezu eine geschmackliche Sinfonie; Johann Lafer würde „Gaumensex" dazu sagen Das dreigängige Menü zeigte sich filigran in der Ausführung, war intensiv im Geschmack, rund und umschmeichelte die Geschmacksknospen, den Gaumen. Serviert wurde gekonnt vom Maître David Breuer. Es gab Spargelchartreuse mit Gänseleber und Trüffel, gegrillte Tauben mit frischen Pfifferlingen, getrüffelter Ochsenschwanz mit Kartoffelpüree und ein Mosaik von Jakobsmuscheln. Zwischendurch kam Harald Wohlfahrt auf seinem Rundgang durch das Restaurant, direkt an ihren Tisch und machte ein wenig Smalltalk. Dabei erfuhr Bildstein, dass der berühmte Sternekoch aus dem nicht weit entfernten anderen Tal, dem Bergdorf Loffenau kommt und aus einfachen Verhältnissen stammt. „In der Tat, auch ein Schwarzwälder kann es in der Welt zu ordentlich etwas bringen", witzelte Bildstein, sich selbst natürlich nicht ausgenommen.

Der hochdekorierte Sommelier Stéphane Gass ergänzte jeden Gang mit einem subtil gewählten, zum Menü fein abgestimmten Wein aus dem reich sortierten Weinkeller des Hotels. Dass die gewählten Weine aus der Ortenau kommen, darauf legte Isidor besonderen Wert, was natürlich in diesem Haus absolut kein Problem darstellte. Zum Abschluss sorgte Chef-Patissier Pierre Lingelser mit einer speziellen Dessertkreation für das Tüpfelchen aufs „i" und einen unvergesslichen Abschluss oder die Abrundung dieser großartigen Geschmackserlebnisse. „Jeder Genießer sollte einmal im Leben in diesem weltweit bekannten Restaurant speisen dürfen", resümierte Isidor. Vivien meinte: „Wie sagt da die Schwäbin?" „Es gibt ebe nix besseres wie ebbis gueds" – oder „wenn der Buckel doch bloß auch noch Bauch wär'."

Nach diesem exquisiten Gaumenschmaus, einschließlich eines vorzüglichen französischen Cognacs zur Abrundung oder als Absacker, wie man landläufig sagt, zogen sich die beiden in das Hotelzimmer zurück. Bei der Verabschiedung drückte Isidor dem Maître d'hôtel großzügig einen Hunderter für das Personal in die Hand.

Abschließend zeigte sich Vivien im Schlafgemach erst in einem verführerischen Negligee aus durchschimmernder Seide

– einem reizvollen „Nichts" – und dann, was eine „vollkommene Eva" alles an körperlichen Genüssen zu bieten hat. „Lass mich dein Adam im Paradiesgärtchen sein", flüsterte Isidor, unterbrochen von leidenschaftlichen Küssen, bevor seine Zunge eine feuchte Zone spielend umkreiste.

Nach dem erotisch heißen Ausflug lag Isidor länger wach und sinnierte: „Was war ich beim ersten Mal als Jugendlicher doch noch unerfahren und naiv. Hätte ich damals schon vorher solche Lehrmeisterinnen gehabt. Bei Vivien dauerte das alles länger, viel länger. Sie beherrschte Techniken, die sogar ihm, trotz seiner jahrzehntelangen Erfahrung noch fremd waren. Man hätte auch meinen können, Isidor musste eine Menge nachholen. Dabei kam ihm der Gedanke: „Nach solch einem Abend und bei so einem harmonischen, leidenschaftlichen Liebesspiel einen Herzinfarkt zu bekommen und das zeitliche zu segnen, das wäre doch der absolute Höhepunkt und die Krönung eines erfüllten Lebens. Ja, auch das vorgerückte Alter, der Herbst des Lebens, hat noch seine schönen sonnigen Tage. Isidor du bist ein Glückspilz, du geniest den großen Luxus, dass du dir das Beste vom Beste leisten kannst." Laut ausgesprochen er das allerdings nicht. Erstmals seit Jahren fühlte er sich jedoch wieder richtig zufrieden und glücklich.

Das Frühstück brachte ihnen der Service ans Bett und erst sehr spät nahmen sie in der edel-rustikalen Köhlerstube zum Mittagessen Platz, das kulinarisch nicht wenig hinter der Schwarzwaldstube anzusiedeln ist. Nachmittags führte Isidor seinen Schwarm dann in die nicht weit entfernte Kurstadt Baden-Baden aus.

Gemächlich bummelten sie am Nachmittag Arm in Arm durch die verkehrsfreie Fußgängerzone in der Kur- und Bäderstadt an der lieblichen Oos, die einst russische Zaren und Dichter schon schätzten. Der Weg führte sie danach auch durch die Lichtentaler Allee und dabei fiel Vivien das prächtige Casino mit der Spielbank auf. „Da würde ich gerne einmal drinsitzen und eine Runde riskieren. Das würde dem Tag noch eine spezielle Note verleihen. Hast du Lust?" „Gute Idee", meinte Isidor. Sie betraten den mondänen Prunkbau und das architektonische Wahrzeichen der Stadt, legten die Ausweispapiere vor und Isidor bezahlte den geringen Eintrittspreis. An der Kasse besorgte er für 500 Euro Jetons in kleinerer Stückelung und dann nahmen sie nebeneinander an einem der Spieltische für französisches Roulette Platz.

Zuerst beobachteten sie eine Weile das laufende Spiel. Teils mit zitternder Hand setzten ältere Damen und nervöse Herren am Tisch auf die gewählten Zahlen, und mit geübter Hand drehte der Croupier die Kugel in das Zahlenrund des rotierenden Kessels ein. „Nichts geht mehr, Rien ne va plus", ließ der Tischchef laut vernehmen. Die Kugel umkreiste erst schnell, dann immer langsamer werdend und leicht hüpfend die Mitte des Kessels. Die Spannung unter den Spielern am Tisch stieg; man hörte es geradezu knistern. Dann fiel die Zahl, der Croupier teilte die Gewinne zu und strich die Jetons der nicht gefallenen Zahlen ohne mit den Wimpern zu zucken ein.

Den Neulingen am Tisch kribbelte es bald in den Fingern und Isidor schob Vivien den Stapel Jetons zu: „Komm, setze du und bringe uns Glück, was wir gewinnen teilen wir uns", sagte er lächelnd. Beim Spiel ergab sich nichts Spektakuläres. Zeitweise setzte sie auf einfache Chance, Rot oder Schwarz, dann wechselte sie auch einmal zum Carré mit vier Zahlen, und übermütig zwischendurch „Plein", alles auf eine Zahl, die Vivien gerade eingefallen war. Mal gab es Gewinne, die der Croupier ihr zuschob, überwiegend fielen aber andere Zahlen und die Jetons waren bald verspielt. „Glück in der Liebe, Pech im Spiel", säuselte Vivien beim Verlassen des Spielsaals im Kurhaus, das einst zum Inbegriff europäischer Bade- und Kurkultur wurde. In dem mondänen Prunkbau am Rande des Schwarzwalds fand sich Europas Hautevolee zur Sommerfrische ein, was Baden-Baden den Titel „Sommerhauptstadt Europas" eintrug.

Zwei Stunden hatte das aufregende Vergnügen gedauert, dann war das Geld verspielt. Sie verabschiedeten sich und wechselten in das Restaurant nebenan. Das Kurhaus wurde damals noch von Meinrad Schmiederer, seinem Freund und Patron vom Schwarzwald-Ressort Dollenberg in Bad Peterstal-Griesbach, geführt. Jetzt hatten sie Lust auf ein Glas Champagner und damit stießen sie auf das außergewöhnliche und erfüllte Wochenende an, auf den abwechslungsreichen Nachmittag und das gemeinsame Glück. Isidor fühlte sich wie im siebten Himmel. „Das tat mir nach den arbeitsreichen Wochen und den anstrengenden Reisen jetzt einmal richtig gut", flüsterte er seiner Begleitung ins Ohr und legte ihr den Arm über die Schultern.

Müde kehrte das Paar später ins Hotel Traube zurück, genehmigten sich nochmal einen Cognac an der Bar und dann zogen sie sich ins Zimmer zurück. An Schlaf war nicht gleich zu denken, dafür durften sie morgens länger liegen bleiben. Wieder lockte das körperliche Vergnügen und es blieb nicht bei einem Quickie. „Keine Termine, keine Verpflichtungen, nichts; wie gut das tut", jubilierte Isidor innerlich. Wieder brachte der Service am nächsten Morgen das Frühstück ans Bett.

Gegen Mittag verabschiedete Isidor sich von Vivien und fuhr beschwingt mit seinem Maybach, den er Wochen zuvor neu gekauft hatte, über Baiersbronn nach Freudenstadt und auf der B 28 über Kniebis, Alexanderschanze in Renchtal hinaus nach Bad Peterstal und Oppenau-Ibach. Dort bog er links ab und kam im mäßigen Tempo hoch zum Löcherberg. Fröhlich, wenn auch nicht gerade melodisch, summte er eines nach dem anderen der Lieder aus dem Radio mit, bis ihn die Abzweigung rechts nach Nordrach wies, wo er über das Schäfersfeld kam, wo er bei der Hütte an der Straße eine kurze Pause einlegte, danach auf der engen kurvenreichen Straße in den Ortsteil Kolonie hinunterkam. Seit der Abfahrt war gerade eineinhalb Stunden vergangen, da betrat er beschwingt sein Büro. Noch einmal machte er sich bewusst, „das war mein schönstes Wochenende seit vielen Jahren."

Nach dem gedanklichen Rückblick, was ihn noch einmal geradezu erregte, nahmen ihn die bereitliegenden Akten und Unterschriftsmappen gefangen. Geübt sortierte er die eingegangene Korrespondenz, las die wichtigsten E-Mails und besprach einige Dinge mit seiner Sekretärin. Zuletzt unterschrieb er wichtige Korrespondenz und Verträge. Um 18 Uhr hatte er noch eine Sitzung mit den leitenden Mitarbeitern einberufen, um sich in zirka einer Stunde die relevantesten Dinge berichten zu lassen und ein paar Entscheidungen zu treffen. Danach gönnte er sich auch den Feierabend und zog sich in die Stille und Einsamkeit seines Hauses zurück.

Zu einem Essen hatte er an diesem Abend keine Lust mehr. „In den letzten zwei Tagen habe ich mehr als genug gegessen, nun muss ich diesbezüglich etwas kürzertreten, dachte er bei sich und entschloss: die Zeit ist reif für ein wenig zu fasten." Dafür holte er eine gute Flasche Rotwein aus dem klimatisierten Weinkühlschrank und genüsslich leerte er sie in den nächsten Stunden, während er die Zeit vor dem Fernseher verbrachte, ohne wirklich mitzubekommen, um was es in der

Sendung überhaupt ging. Zu sehr waren seine Gedanken noch bei Vivien und dem Erleben der letzten zwei Tage. Irgendwann wachte er wieder auf, sah erschreckt auf die Uhr, die schon nach weit Mitternacht anzeigte, denn er war während dem Fernsehe eingeschlafen. „Es gibt doch kein besseres Einschlafmittel, wie eine langweilige Fernseh-Sendung. Himmel aber auch, jetzt kann ich bestimmt im Bett nicht mehr einschlafen", ging ihm aus Erfahrung sorgenvoll durch den Kopf.

Casino und Kurhaus in Baden-Baden

Denkmal mit Jetons im Vorraum des Casinos, Baden-Baden

10

Stress mit der Tochter

Längst umfing wieder der graue Alltag den Unternehmer, nein, den „Ingenieur", wie er angeredet werden wollte, mit allen kleinen und großen Problemen. „Probleme", das Wort wollte er allerdings nicht hören. „Es gibt keine Probleme, nur Herausforderungen, denen man sich mannhaft stellen muss." Der Ingenieur hatte eben seine eigene Denkweise, oder hatte er sich diese Weisheit in einer der vielen schlauen Seminare aufgeschnappt, an denen er in Jahrzehnten schon teilgenommen hatte? Nur noch einmal konnte er sich mit Vivien treffen, danach musste er wieder auf längeren geschäftlichen Reisen unterwegs sein. Von Kontinent zu Kontinent, von Termin zu Termin drängte ihn sein enger Reiseplan, und schon hatte er die Erde einmal umrundet. Da waren es neue Geschäftsabschlüsse, die ihn forderten, dort ging es sich mit Zulieferer abzustimmen, und jedes Gespräch beanspruchte seine und physische und psychische Präsenz.

In China erhielt er während so einer Geschäftsreise – oder „Business Travel", wie man das in seinen Kreisen gerne nannte – im Hotel von seiner Sekretärin telefonisch die nicht erfreuliche Nachricht, dass seine Tochter mit einer Alkoholvergiftung aufgefunden worden sei und man sie in das Kreiskrankenhaus Offenburg habe überstellen müssen. Sofort bat er Frau Graf, so hieß die Sekretärin, dass sie sich der Sache bitte direkt und unmittelbar annimmt. „Ich kann von hier nicht vor Übermorgen wegkommen. Bitte kümmern sie sich darum, dass erstens die Sache nicht unnötig publik wird und zweitens, dass es ihr bei der ärztlichen Versorgung an nichts fehlt. Verlangen sie den Chefarzt persönlich und sprechen sie mit ihm. Er soll dafür sorgen, dass meine Tochter wieder auf die Beine kommt, koste es, was es wolle. Er soll auch veranlassen, dass sie so schnell es geht in eine gute Klinik zum Entzug kommt oder sonst etwas Geeignetes unternommen wird." Frau Graf versprach, sich um alles bestens zu kümmern. „Gut, ich werde dann in 3 bis 4 Tagen zurück sein. Was nach dem nächsten Geschäftstermin noch ansteht, das können wir verschieben."

Den Abend im Hotel verbrachte er missmutig an der Bar. Während er ein Bier nach dem anderen trank, überkam ich wieder das „große Elend". „Womit habe ich nur diese missratene Familie verdient. Ist das der Preis für meinen geschäftlichen Erfolg? Will mich das Schicksal dafür strafen?" Früh legte er sich ins Bett, aber anstatt einschlafe zu können, um die dringend nötige Ruhe und Erholung zu finden, nahm das Gedankenkarussell wieder volle Fahrt auf und hielt ihn die halbe Nacht wach, während er sich genervt von einer Seite zur anderen wälzte.

So schnell wie möglich flog Isidor Bildstein nach Frankfurt zurück und dort erwartete ihn schon der Chauffeur, der ihn auf direktem Weg nach Nordrach fuhr. Erst einmal übernachtete er bei sich zu Hause, weil er sich bei der Ankunft wie zerschlagen fühlte. Neben den anstrengenden Geschäftsterminen, die hinter ihm lagen, forderte jetzt der Jetlag seinen Tribut. Erholsamen Schlaf wäre jetzt und in dieser Situation überhaupt das Wichtigste gewesen. Das kam auf Reisen auch so immer schon viel zu kurz, aber auch zu Hause lag er die halbe Nacht wach, was ihn zusätzlich noch verdrießte.

Schon früh am Morgen darauf ging er zunächst in sein Büro und ließ sich von der Sekretärin genauer berichten, was angefallen ist, was sie erfahren und erreicht hatte, und wie es jetzt aktuell um seine Tochter stand. Dann ließ er sich auch über den geschäftlichen Verlauf auf den neuesten Wissensstand bringen, tätigte nebenbei einige Unterschriften und diktierte hinterher dringende Korrespondenz, während seine Sekretärin einen Besuchstermin mit dem Chefarzt vereinbarte. Nach der Erledigung dieser Dinge verabschiedete sich Bildstein wieder und sein nächster Weg führte ihn in das Offenburger Klinikum und dort direkt zum Chefarzt. Was er hörte, war nicht sehr berauschend. Der Chefarzt eröffnete ihm unmissverständlich und ohne Umschweife sehr detailliert, wie es mit Michelle Bildstein steht. „Der langjährige, teils exzessive Alkoholkonsum hat bei der Patientin schon erhebliche, irreparable Gehirnschäden hinterlassen und er sieht keine Chance auf vollkommene Rekonvaleszenz, selbst bei den besten Therapien. Trotzdem schlug er vor, sie sofort in die Fachklinik, „Haus Renchtal" in Renchen zu überweisen, damit sie dort die ersten Schritte zu einer Entziehungskur beginnen kann. „Normalerweise hat das Haus eine Warteliste von mindestens drei Monaten, ich werde mich aber dafür verwenden, dass die Patientin noch in dieser Woche dort aufgenommen wird. Das wird aber über den Krankenkassenanteil hinaus, eine zusätzliche Kostenbeteiligung erfordern", baute der Chefarzt vor. „Das spielt jetzt keine Rolle", erwiderte Bildstein, ohne lange zu überlegen oder darüber zu diskutieren.

Nach diesem nicht sehr erfreulichen Gespräch ging Isidor zu seiner Tochter. Wie gewöhnlich zeigte sie sich wieder bockig und sehr abweisend, um nicht unhöflich zu sagen. Das Gespräch brachte auch keinerlei Ergebnisse und von Einsicht, keine Spur. Der Vater informierte sie dann mit knappen Worten wie es weiter gehen muss und was der Chefarzt mit viel Mühe erreicht hatte. „Über die Auswirkungen deiner Alkoholsucht brauche ich dir nichts zu sagen, ich denke das hat Professor Lehmann selbst schon oft ausführlich mit dir besprochen. Trotz allem will ich aber das, was mir möglich ist tun und dir helfen, so gut ich kann, egal wie du heute zu mir stehst. Ich bin dein Vater und werde immer zu dir halten. Ich will nicht, dass du wie deine Mutter endest, hast du das verstanden? Wenn du etwas brauchst oder wenn ich es in die Wege leiten kann, dann sprich mit mir. Halte nichts zurück, ich werde helfen und für dich da sein, ohne Wenn und Aber. Ich verurteile dich auch nicht, denn eine Schuld sehe ich zuerst bei mir, weil ich dir keinen guten Vater sein konnte und auch bei deiner Mutter, die dir ein schlechtes Vorbild war."

Das war's dann, er verabschiedete sich und in den nächsten Monaten war nichts als Schweigen, wie zuvor seit langer Zeit schon. Darüber regte sich Isidor schon gar nicht mehr auf. Trotzdem tat es ihm in der Seele weh. So war nun aber eben die Situation und er wusste nicht, was er zur Änderung noch beitragen konnte.

Bei der Fahrt auf dem Weg nach Nordrach wechselte sein Gemütszustand von innerer Wut zum Gefühl der Hilflosigkeit, in einer Situation, die er nicht zu ändern vermochte. Dabei wurde er sich brutal seiner Ohnmacht in der Sache bewusst. „Wenn ich meiner Sekretärin sage: tue dies, dann tut sie es widerspruchslos und wenn es sei muss sofort, unverzüglich. Wenn ich meinen Mitarbeitern und Angestellten einen Auftrag gebe, eine Anweisung erteile, dann wird das umgesetzt, sonst schmeiße ich denjenigen raus. Nur deshalb stehe ich da, wo ich stehe. Warum habe ich zu meinen Kindern, zu meinem eigenen Fleisch und Blut keinen Draht, keine Einflussmöglichkeit?" Da kamen ihm fast die Tränen; aber mehr aus Wut und Verzweiflung, auch ein Stück weit wegen der Missachtung durch seine Tochter und nicht wegen des Mitleids, das er für sie empfand. Da fühlte er sich in seinem Stolz als Vater verletzt und gekränkt.

Seine Tochter rief von sich aus nicht einmal an, schrieb keinen einzigen Brief oder eine Karte, keine Zeile, einfach nichts, obwohl er sich als Vater vor ihr erniedrigt hatte und seine Schuld eingestand. Besuche waren auf Rat der Ärzte in den ersten Wochen nicht erwünscht, um den Therapieerfolg nicht zu gefährden, deshalb ließ er es bleiben. Sie nur besuchen, um sich ihr Schweigen anzuhören oder noch schlimmer – Vorwürfe und Vorhaltungen, das musste er auch nicht haben.

11

Eine neue Hochzeit steht an

Nach dem amourösen Abenteuer in Baiersbronn und Bummel in Baden-Baden, telefonierte Vivien so gut wie täglich mit Isidor oder er mit ihr. Dabei legte sie ihm mit weiblicher List schon bald den Gedanken nahe, sie könnte doch bei ihm in Nordrach wohnen. „Ich bin doch nicht an Stuttgart gebunden. Meine Beratertätigkeit kann ich überall ausführen und so wären wir uns in der wenigen Zeit, die dir zur Verfügung steht, etwas näher und wir hätten mehr voneinander." Ganz subtil und immer in schwachen Stunden jubelte sie Isidor diesen Gedanken unter und es dauerte nicht lange, dann war er weichgeklopft und ging darauf ein. „Mein Haus ist so groß und die Kinder haben jeweils ihre eigenen Wohnungen, warum sollten wir also unnötig zwei Haushalte führen? Ich habe eine Haushälterin, die kann alles besorgen, wenn ich oder wir unterwegs sind, das ist praktischer."

Kein halbes Jahr war seit dem ersten Treffen vergangen, dann war Vivien in Nordrach eingezogen. Das bedeutete keinen großen Umstand, denn was sie besaß und mitbrachte, war mehr als bescheiden. „Ich habe die wenigen Möbel aus meinem Besitz und was ich nicht mehr brauche verschenkt, das sparte mir die Kosten für den Umzug. Ich ging davon aus, dass du einen kompletten Haushalt hast, und wenn ich zusätzlich etwas für mich brauche, dann beschaffe ich es mir neu", gab sie zur Begründung an, und gutgläubig nahm Isidor ihr das ab. Er gab sich wie ein verliebter, eitler Gockel. Was sie ihm sagte, glaubte er, ohne – entgegen seinen sonstigen Gewohnheiten – erst einmal zu prüfen, es zu hinterfragen oder nachzufragen und überhaupt einmal zu recherchieren, ob ihre Angaben, ihre Biografie der Wahrheit entsprachen; es klang ihm einfach überzeugend, logisch und schlüssig. Zu sehr war er von ihrer Person, ihrer eleganten Erscheinung, dem gewinnenden Reiz eingenommen und gefangen. „Vor Liebe blind", sagt der Volksmund dazu klipp und klar. Er glaubte bedenkenlos alles, was sie sagte und merkte gar nicht, wie die ehemalige Hostess, und First-Class-Eskorte-Service-Dame – oder wie immer man auch ihre aktuelle Tätigkeit einstufen wollte – ihn um den Finger wickelte und zunehmend vereinnahmte. Ihr Gewerbe gehörte schließlich zu den ältesten der Welt!

Mit der seit Jahren angestellten und im Haus tätigen Haushaltshilfe stimmte die Chemie dagegen von Anfang an nicht, was Isidor sehr bald auffiel und was er zutiefst bedauerte. Vielleicht haben Frauen tatsächlich ein besseres Gespür oder empfinden intuitiv, ob es jemand ehrlich meint oder nur berechnend schauspielert. Vielleicht spielte hinein, dass Elvira Spitzmüller – so hieß die Hausangestellte – sich innerlich noch zu sehr mit der verstorbenen Ehefrau des Chefs verbunden fühlte, für die sie in den letzten Jahren oft sozusagen die Briefkastentante oder der Kummerkasten gewesen war. Und als echte Einheimische aus dem Dorf hatte sie sowieso Vorbehalte gegen alle und gegen jeden, der oder die von auswärts stammten und kamen.

Schnell gab es die ersten Auseinandersetzungen unter den beiden dominierenden Frauen. Auch im Dorf wurde die

Neubürgerin demonstrativ gemieden und geschnitten und das merkte Vivien schnell genug. Da halfen ihr auch nicht diese, für Männer so attraktiven Eigenschaften, die Bildstein so sehr für sie einnahmen und die er an ihr schätzte. Besuche im Dorf ohne Begleitung von Isidor, das mied sie deshalb so gut es ging, und nur wenn sie in seiner Begleitung war, betrat sie den Kaufladen im Dorf, die Bäckerei oder kehrte in ein Café ein. War ihr Mann an ihrer Seite, dann hielten sie sich Dorfbewohner aus Höflichkeit zurück; distanziert zwar, aber immerhin zollten sie ihm wohlmeinend den nötigen Respekt, ob seiner Leistungen für Bürger und Gemeinde.

Für all dies, das so Ungewöhnlich war und nicht typisch für den alltäglichen Umgang, da war Isidor völlig blind, und wenn jemand offen gegen seine Herzdame etwas gesagt oder aufbegehrt hätte, dann hätte er ihn „in der Luft zerrissen, fertig gemacht und vernichtet". Die Frau hatte ihn, den sonst so nüchternen, überlegen handelnden Geschäftsmann, voll um den Finger gewickelt und für sich eingenommen, er war ihr hörig. Da war wirklich bei ihm der zweite Frühling ausgebrochen. Dabei ahnte er von ihrer Vita absolut nichts. „Ich bin selbständige Unternehmensberaterin, so hatte sie sich einmal beiläufig vorgestellt." Sie telefonierte sehr viel, das bekam er hin und wieder schon mit, und sie behauptete dann, mit altbekannten Freunden oder Freundinnen zu sprechen. Öfters war sie unterwegs, wie er mehr zufällig mitbekam, wenn er sich von irgendwo während seinen Reisen telefonisch meldete. Was oder wie, das interessierte ihn weniger. Aufgefallen war ihm von Anfang an, dass sie über eine sehr gute Allgemeinbildung verfügte und gewandt auftrat. „Ich habe das Abitur gemacht und dann ein Studium der Betriebswirtschaft abgeschlossen und mich anschließend Selbständig gemacht", das war alles, was er über ihren beruflichen Werdegang wusste.

Inzwischen wohnte Vivien schon seit Wochen im großen Haus am Grafenberg. Zwischendurch – nach einem guten Essen und intimen Gesprächen – brachte sie die Bitte vor: „Das Haus hier ist so weit weg von allen überregionalen Verkehrsanbindungen. Da wäre es doch gut, wenn ich ein Auto besäße. Bisher habe ich das in Stuttgart nie gebraucht. Da war ich schnell mit der S-Bahn oder dem Bus im Hauptbahnhof oder in Echterdingen am Flughafen. Hier komme ich nur erschwert weg und immer mit dem Taxi ist auch nicht das Richtige und überhaupt nicht bequem. Und noch etwas: Könntest du mir nicht zusätzlich hier ein Konto eröffnen? Du bist so oft fort und es gibt immer einiges für das Haus und den Haushalt einzukaufen oder zu erledigen. Dafür brauche ich etwas Geld. Alle Ausgaben für Haus und Lebensunterhalt könnte ich dann über dieses Konto abwickeln und auch das Haushaltsgeld könntest du darauf überweisen." „Wenn du meinst, dass es dir nützt, dann mache ich das natürlich sofort", erwiderte Isidor ohne lange nachzudenken. „Gleich morgen kümmere ich mich darum." „Du bist ein Schatz", säuselte sie und gab ihm einen innigen Kuss und später belohnte sie ihn im Bett mit dem, was sie am besten konnte.

Schon tags darauf ließ sich Isidor mit dem Verkäufer der AHG in Offenburg verbinden. „Haben sie einen BMW X3 vorrätig, der kurzfristig zugelassen werden kann? Farbe möglichst weiß und mit allem, was für eine Frau so dazugehört." „Wir haben Fahrzeuge mit Tageszulassung in Silbermetallic, Schwarz und Weiß zur Verfügung", gab der Verkäufer durch und fügte verkäuferisch gewandt noch einige Vorzüge dieser Fahrzeuge an. „Okay, dann nehmen wir den Weißen. Setzen sie sich mit Wolfgang Bächle in der Firma in Verbindung, der ist dafür zuständig, und lassen sie sich die Daten für eine Zulassung als Firmenfahrzeug geben, sowie eine Deckungskarte bringen, dann überführen sie bitte das Auto nach der Zulassung direkt zum Unternehmen."

Am übernächsten Tag stand das Fahrzeug vor dem Verwaltungssitz. Vivien bekam von dem Angestellten Bächle die Schlüssel und ein Mitarbeiter des Autohauses wies sie in die Bedienung des schicken Wagens ein, dann war sie happy. Isidor hatte auch schon den Direktor der Sparkasse Zell angerufen und gebeten, er solle ein separates Konto für seine Partnerin einrichten. Die erforderlichen Daten gab er durch und vereinbarte, dass Vivien am nächsten Tag persönlich vorbeikommt, den Ausweis mitbringt und die Unterschriften leistet. „Ich werde nach Eröffnung des Kontos eine Überweisung von 10'000 Euro von meinem Privatkonto veranlassen." „Geht in Ordnung", bestätigte der Bankdirektor. „Ich werde mich persönlich um die Sache kümmern."

Inzwischen war Isidor zu einer Geschäftsreise nach Südamerika aufgebrochen, von der er erst nach 8 Tagen wieder zurück sein wollte. Sein Chauffeur hatte ihn zum Flughafen nach Frankfurt gebracht, so wie immer, wenn der Chef zu einer längeren Auslandsreise aufbrach. Nur innerhalb Deutschlands und auf kürzeren Strecken, sowie wenn er privat unterwegs sein wollte, chauffierte Bildstein seinen Maybach überwiegend selber.

Das neue Auto stand fahrbereit vor dem Haus und als Erstes fuhr Vivien zur Bank und meldete sich beim Direktor der Zeller Sparkasse an. Der hatte schon alle Unterlagen vorbereitet auf seinem Schreibtisch vor sich liegen. Er fügte die Ausweisdaten hinzu und sie brauchte nur noch zu unterschreiben.

Mit einem gewinnenden Lächeln brachte sie ihn dazu, ihr gleich einen Disporahmen über die Summe von 10'000 Mark einzuräumen. In Anbetracht der Verbindung zu Bildstein hatte der Direktor keine Bedenken und veranlasste auch dieses Obligo. Voll zufrieden mit dem Erreichten fuhr Vivien mit ihrem neuen schicken Wagen ins Nordrachtal zurück. Schon tags darauf war sie unterwegs nach München und dort zu einem lange zuvor vereinbarten Treffen.

Die Geschäfte in Südamerika liefen bestens, um nicht „überragend gut" zu sagen, und zufrieden kam Isidor planmäßig in der für die Reise vorgesehenen Zeit zurück. Der Chauffeur stand wieder am Flughafen bereit, holte ihn ab und fuhr ihn direkt zu seiner Wohnung vor die Haustüre. Sein neuer Schwarm begrüßte ihn im Haus überaus herzlich, ließ ihn sonst aber weitgehend in Ruhe, da Bildstein noch etwas unter dem Jetlag litt und Ruhe brauchte „Das wird sich morgen gelegt haben", dachte sie und tatsächlich, tags darauf zeigte sich Isidor wieder fit, ging morgens gleich ins Unternehmen und kam am Nachmittag früher wie gewohnt zurück. Nun konnten sie nach einem guten Abendessen das nachholen, was die Tage zuvor und auch am Vortag nicht möglich war. Wild gaben sie sich nach längerem, alle Sinne anregenden Vorspiel, dem vertieften körperlichen Vergnügen hin und beide kamen auf ihre Kosten. Isidor hatte bereits nach wenigen Tagen Entzugserscheinungen gehabt und wollte nun jeden Tag nachholen und auskosten, den er seit der Abreise versäumt hatte.

Erneut verstand es Vivien gekonnt, nach dem zärtlichen Tête-à-Tête und dem Zusammensein, den Mann zu umgarnen und sie schnurrte dabei wie ein Kätzchen. „Wäre es nicht für deine Reputation besser, sowie um unnötigen Klatsch im Dorf und im Unternehmen zu umgehen, wenn wir heiraten würden?" Zärtlich biss sie ihm nach dieser Frage ins Ohr und strich ihm mit geübten Fingern über körperlich edle Teile. „Ich will es mir überlegen. Aber warum nicht, meine Frau ist ja nun schon zwei Jahre im Grab und ich muss und will nicht ewig als Einsiedler leben. Das erwartet sicher auch niemand vom mir."

Eine Woche später kam er auf ihre Frage zurück. „Ich habe es mir überlegt, wir werden heiraten. Für meine geschäftlichen Kontakte oder wenn ich zu besonderen Anlässen die Begleitung einer Frau brauche, ist es besser, wenn ich dich als meine Ehefrau vorstellen kann. Da es aber schon so genug Gerede und Ressentiments im Dorf gegen dich gibt – zwischenzeitlich hatte er doch so einiges davon mitbekommen, weil es ihm die Haushälterin durch „die Blume" gesagte hatte oder der Chauffeur so beiläufig – heiraten wir schlicht standesamtlich und feiern danach im kleinen Kreis." „Da hast du wieder recht wie immer, das ist mir viel lieber so. Wir müssen ja nicht die Gäule scheu machen und ich bin auch keine Teenager mehr, der von einer großen Hochzeit ganz in Weiß träumt", erwiderte Vivien und umarmte „ihren Isidor".

Wieder im Büro, gab er Sabine Graf, seiner Sekretärin, den Auftrag mit dem Standesamt einen Termin zu vereinbaren. „Ich will das Aufgebot bestellen." Die treue Seele, die ihm seit Jahren zur Seite stehende zweite Hand im Chefbüro, wollte ihm den guten Rat geben, das doch etwas länger abzuwarten und die Sache genau zu überlegen, schließlich kenne er die Frau doch erst seit ein paar Monaten – aber ihre persönliche Meinung über diese Frau behielt sie lieber für sich. Auch so reagierte Bildstein sofort ziemlich ungehalten und verbat sich, dass ihm jemand in seine privaten Dinge und Entscheidungen hineinredet. Sie kannte den Choleriker gut genug und schwieg fortan wohlweislich. „Jeder ist seines eigenen Glückes

Schmied", hatte sie in einem solchen Falle einmal zu Jemand gesagt, als das Gespräch im kleinen Kreis darauf kam. Kurz darauf ließ sie sich beim Standesamt einen Termin geben und informierte den Chef über den festgelegten Zeitpunkt.

Gemeinsam und Hand in Hand schritten sie zum vereinbarten Zeitpunkt ins Rathaus, das sich zentral in der Dorfmitte befindet, und bestellten beim Standesbeamten das Aufgebot. Zugleich wurde der Hochzeitstermin festgelegt. Am Abend dieses Tages trank er mit Vivien eine Flasche Champagner, dabei prosteten sie sich zu und tranken auf ihre gemeinsame glückliche Zukunft und das anstehende Fest, das am Samstag in vier Wochen stattfinden sollte. „Hast du jemand der als Trauzeuge infrage kommt? Bei mir will ich meinen Bruder fragen", kam er wieder auf die Trauung zurück. „Nein, meine Eltern sind gestorben und Geschwister habe ich keine und auch sonst keine so engen Freunde, denen ich das antragen wollte", gab sie sich bedauernd. „Na denn, es wird sich eine geeignete Person finden", und damit beendeten sie das Thema und gingen zu nonverbalen Aktivitäten über.

Wieder musste Isidor zu einer geschäftlichen Reise aufbrechen, die aber nur 4 Tage dauern sollte. Nach der Rückkehr fuhr er sofort zu seinem Bruder, mit dem er zuvor schon telefoniert hatte und erklärte ihm, um was es geht. „Ich will am Samstag in drei Wochen standesamtlich heiraten, würdest du mein Trauzeuge sein?" Da ihm niemand anderes kurzfristig eingefallen war, stellte er die gleiche Frage auch seiner Schwägerin, ob sie bereit wäre, zusammen mit ihrem Mann, Trauzeugin zu sein. Wider Erwarten sagten beide, ohne lange zu überlegen und wie erhofft zu.

Damit war dies geklärt, und sofort bat Isidor seine Sekretärin im Schwarzwald Ressort Dollenberg in Bad Peterstal für den Hochzeittag ab 16 Uhr einen Tisch für 4 bis 6 Personen reservieren zu lassen. „Und wenn sie gerne dabei sein würden, lade ich sie dazu ein." „Nein, geht nicht, ich habe leider an diesem Tag Verpflichtungen in meiner Familie", mogelte sich seine rechte Hand elegant aus der Affäre. „Das hätte gerade noch gefehlt, dass ich mit diesem Modepüppchen an einem Tisch sitze", dachte sie insgeheim, verzog aber bei diesem Gedanken keine Miene. Die Reservierung war kein Problem und wurde alsbald per E-Mail bestätigt. Bei der nächsten Gelegenheit informierte die Sekretärin den Chef von der vorliegenden Zusage und signalisierte, dass alles wie geplant läuft.

„Warum fand das Hochzeitsmahl aber im so entfernt und abseits liegenden Dollenberg statt?", könnte mancher neugierig fragen wollen. Das hat einen ganz einfachen Grund. Von Nordrach-Kolonie fährt man die enge Straße bergwärts übers Schäfersfeld, Löcherberg nach Ibach ins Renchtal. Dort an dessen Ende liegt Bad Peterstal-Griesbach. Kurz nach dem Ort auf der B 28 in Richtung Alexanderschanze zweigt die Straße nach links in ein langgezogenes Seitental ab und an dessen Ausgang unterhalb den Höhen Freudenstadt zu, wird das Tal offen und weit und da schmiegt sich rechts am Hang der große Nobel-Hotel-Komplex mit 5 Sternen ans Gelände, das sich in den letzten Jahren außergewöhnlich prächtig entwickelt hat. Das große Haus dominiert wuchtig, aber elegant den Hang und ist umgeben von einem parkähnlichen Areal, Flanierwegen und oberhalb mit einer prächtigen Kapelle, die auch gerne für Hochzeiten genützt wird. Der Ursprung lag in einer kleinen Besenwirtschaft für Waldarbeiter und vorbeigehenden Wanderer. Den Inhaber Meinrad Schmiederer kannte Isidor schon seit Jahren persönlich und schätzte seine Kreativität und unternehmerische Vielseitigkeit. Öfters hatte Bildstein dort schon mit eingeladener, hochkarätiger Kundschaft im Haus gespeist. Inzwischen führt der Küchenchef sogar den zweiten Michelin-Stern.

Der Hochzeitstag kam und an dem bewussten Samstag um 14 Uhr war der Termin im Standesamt. Das Hochzeitspaar wurde von Isidors Bruders und der Schwägerin erwartet. Die Zeremonie war emotional aber auch unspektakulär und schnell geschehen. Der Bürgermeister persönlich traute das Paar, hielt vorher eine ausgewogene und humorvolle Ansprache, dann leisteten Isidor und Vivien die Unterschriften und der Bürgermeister gratulierte. Alle umarmten sich, gaben Küsschen links, Küsschen rechts und das war es dann. Vor dem Trauzimmer hatte der Bürgermeister Sekt und Orangensaft bereitstellen lassen und hier prosteten sich alle mit guten Wünschen auf das gemeinsame Wohl und glückliche Zukunft zu.

Beim Plausch und vor der Verabschiedung sprach Isidor dem Bürgermeister die Einladung aus, doch mit ins „Dollenberg" zu kommen und der sagte nach kurzem Überlegen zu. Ohne es zu sagen, dachte er: „So eine Gelegenheit ins „Dollenberg" zu kommen, kann ich mir nicht entgehen lassen." Dann erwiderte er laut zu Bildstein: „Ich hatte eigentlich anderes vor, es ist mir aber eine Ehre und ich werde nachkommen. Zuerst muss ich meine Frau informieren und mich für das 5-Sterne-Hotel entsprechend einkleiden." „Bringen sie ihre Frau doch gleich mit", fügte der Hochzeiter gönnerhaft an, „dann kann sie nicht nein sagen."

So kam es, die sechs Personen versammelten sich nach der unspektakulären Anfahrt in der Kaminstube des angesehenen Hauses im hinteren Renchtal. Das Hochzeitspaar ließ sich fahren und der Bürgermeister fuhr mit dem eigenen Auto selber an, hatte aber mit seiner Frau vereinbart, dass sie auf dem Rückweg das Steuer übernimmt, damit er auch etwas trinken kann. Natürlich hatte Bildstein das Haus telefonisch über die zusätzlichen Personen am Tisch informieren lassen, damit sie sich rechtzeitig darauf einstellen konnten.

Nach der Ankunft im Haus gab es einen kleinen Stehempfang mit Champagner. Es folgte das Horsd'œuvre und danach ein exzellentes, mehrgängiges Menü, das dem Tag angemessen war. Zuerst wurde Gänsestopfleber mit Aprikosen, Mandeln, Brioche, dann Steinbuttfilet mit Artischocken, Pfifferlingen und Verjussauce serviert. Zum Hauptgang brachte der Kellner Rehrückenfilet mit Sellerie und Sauerkirschgel, Sauerrahm-Knödel, Kirschessigjus auf den Tisch, dann eine Käseauswahl, Affineur Waltmann und zum Dessert Crémeux und Sorbet von Cassis, knusprige Cerealien und Buchweizencreme. Das opulente Essen dauerte drei Stunden, dann rundete ein Zibärtle als Distinktiv die Sache ab.

Zwischen den Gängen traten überraschend Tony Marshall und sein Sohn Marc auf und begeisterten mit zwei humorvollen Gesangseinlagen. Tony Marshall ist quasi hier zu Hause und der Auftritt war ein Hochzeitsgeschenk des Patrons persönlich. Der Vortrag dieser beiden Vollblutsänger begeisterte nicht nur, er ging sehr zu Herzen. Natürlich kamen die Marshalls hinterher an den Tisch und tranken einige Gläschen beim humorvollen Smalltalk mit.

Es wurde spät an diesem denkwürdigen Abend. Der Bürgermeister und seine Frau verabschiedeten sich gegen 1 Uhr und eine halbe Stunde später ließ sich auch der Bruder mit seiner Frau vom Chauffeur nach Hause bringen. Das Gesangs-Duo war schon früher aufgebrochen. Nun war Isidor mit seiner frisch angetrauten Frau alleine. Sie ließen sich noch einen Cognac bringen und, da Isidor nicht mitfahren wollte, blieben sie zur Überachtung im Haus. Kurzfristig hatte das Haus dem Hochzeitspaar ein angemessenes Zimmer zugeteilt und dahin zogen sie sich dann zurück. Zu einer ausschweifenden Hochzeitsnacht waren beide allerdings nicht mehr in der Lage. Das tat für Isidor bei dem schönen Tag keinen Abbruch. So wie es gelaufen ist, war er rundum zufrieden.

Der Montag war im Terminkalender frei geblieben und erst am Dienstag ging Bildstein wieder ins Büro. Kaum war er eine Stunde im Haus, meldete sich eine Abordnung der Belegschaft und überbrachten die Glückwünsche der Mitarbeiter aus Verwaltung und Fertigung, dazu eine üppige Blumenschale und eine Kiste mit 12 Flaschen edlem Durbacher-Spätburgunder, Auslese, Jahrgang 1998.

Die Regenbogen-Presse hatte ebenfalls Wind bekommen und berichtete in wenigen Zeilen etwas süffisant von dem denkwürdigen Ereignis. Die vielen daraufhin eingegangenen unflätigen Mails und unschönen anonymen Anrufe verschwieg die Sekretärin wohlweislich. Sie übergab nur die wohlwollenden Glückwünsche und die aus dem kleinen Kreis der Kunden und Bekannten, die überhaupt von der Hochzeit Kenntnis bekommen hatten.

Für den Samstagabend um 18 Uhr hatten sich der örtliche Musikverein und der Gesangsverein angemeldet. Sie kamen vor das Haus am Grafenberg und brachten dem frisch vermählten Paar einige Ständchen dar. Mit der attraktiven Frau an der Seite bedankte sich Isidor Bildstein gerührt und schüttelte, stellvertretend für alle Beteiligten, den beiden Vorsitzenden die Hand. „Gehen sie alle nachher in die Stube und trinken sie auf unser Wohl. Die Rechnung soll man mir ins Geschäft schicken." „Gibt es eine Getränkebegrenzung?", wollte der Musikvereinsvorsitzende vorsorglich wissen. „Nein, jeder soll trinken was und wie viel er will und was er verträgt, es sei denn, das Bier geht aus und der Keller ist irgendwann leer. So viel können eure Leute gar nicht trinken, wie ich bezahlen kann," fügte er scherzhaft hinzu und alle quittierten dies lachend mit Beifall. Mit großem Hallo zogen anschließend die Gruppen von dannen. Trotz der großzügigen Geste gab es viel Geschwätz im Dorf und es war gut, dass Isidor nicht alles oder nur gefiltert und abgeschwächt zu Ohren kam, was über ihn und seine junge Frau aus bösem Munde gelästert wurde. Eigentlich war ihm aber völlig egal, was man über ihn dachte oder redete. Sein Credo war immer schon, ganz im Sinne von Wilhelm Busch – oder war es Bert Brecht? „Ist der Ruf erst ruiniert, lebt es sich ganz ungeniert." Er war Gegenwind gewohnt und hatte sich zwangsläufig ein dickes Fell zugelegt, außerdem war er zu sehr verliebt in seine neue Angetraute.

Sowohl die Tochter wie auch seinen Sohn hatte er vom Büro über die anstehende Hochzeit informieren lassen. Aus dieser Richtung kam keinerlei Resonanz; kein Wort, keine Silbe. Das grämte Isidor innerlich wiederum mehr, als das Gerede, er ließ es sich aber nicht anmerken und kommentierte es auch nicht. „Ich habe von meinen verkommenen und undankbaren Nachkommen auch nichts anderes erwartet", dachte er wieder in seiner Verbitterung ob dieser unguten, ich oft bedrückenden Situation und dann war die Sache für ihn erledigt.

Relais & Châteaux Hotel Dollenberg, 5-Sterne-Hotel

Hotel und Gasthaus Stube in Nordrach

12

Der Sohn wird verhaftet

Seit die Hochzeit im kleinen Rahmen und edlen Ambiente über die Bühne gegangen war, waren zwei Jahre vergangen und man konnte nicht gerade sagen, es wäre für Isidor eine glückliche Zeit geworden. Zu viele Hiobsbotschaften trafen peu à peu ein, die kräftig seine Nerven strapazierten und ihm zusätzlich gesundheitliche Probleme bescherten. Kaum waren eineinhalb Jahre vergangen, meldete sich der Sparkassendirektor von Zell, druckste eine Weile herum, bis er auf den Kern der Sache kam und Isidor Bildstein offenbarte, dass das Konto seiner Ehefrau inzwischen ein Minus von 35'000 Euro aufweist. „Es muss etwas geschehen, sonst komme ich mit dem Controlling in die Bredouille", so seine Sorge. Der Euro war inzwischen das offizielle Zahlungsmittel geworden und mehrmals hatte der Direktor auf die persönlichen Bitten von Vivien den Überziehungsrahmen in der Höhe angepasst. Von dem, was er hörte, war Bildstein sehr überrascht, ja schockiert, versprach aber dem Bankdirektor: „Ich werde den Fehlbetrag von meinem Privatkonto ausgleichen, und auch ein ernstes Wort mit meiner Frau reden müssen, so geht das nicht." Wie er es machen wollte, wusste er allerdings noch nicht, denn nach der Heirat hatte sich seine Frau zu seinem Leidwesen sehr negativ verändert.

„Wofür hat meine Frau so viel Geld verbraten, so eine Menge Klamotten kann man doch gar nicht kaufen und sonst, für Haus und Auto läuft doch das allermeiste sowieso über meine Konten?" Die negativen Veränderungen ihm gegenüber machten ihm auch schmerzhafte Sorgen. Noch mehr kränkte ihn, dass sie sich ihm immer öfters verweigerte, wenn er nach Tage auf Geschäftsreise wieder nach Hause kam und großes Bedürfnis nach körperlicher Liebe verspürte, nachdem er sich tagelang schon danach gesehnt hatte. Zu sehr war er da doch noch der nüchterne Pragmatiker, sodass langsam aber nachhaltig alle Alarmglocken begonnen hatten laut zu schrillen. Da drangen manche Bemerkungen aus seinem Umfeld wieder ins Gedächtnis, denen er, als er sie hörte, keinen Glauben oder keine Beachtung schenken wollte, weil er sie als böswillige Verleumdung oder Neid abgetan hatte.

Sicher, ihm war bewusst, auch nicht pflegeleicht zu sein und es passierte ihm immer öfters, dass er schnell die Beherrschung verlor. Seine Dünnhäutigkeit hatte sich, wie er wohl wusste, leider mit zunehmendem Alter verstärkt, obwohl er sich immer wieder fest vornahm, beherrscht zu bleiben. Wurde er aber auf dem linken Fuß erwischt, dann vergaß er ungewollt alle guten Vorsätze. Dann konnte er laut werden und hinterher hing einige Tage der Haussegen schief. Das mit dem Konto ging nun aber zu weit. „Sie hat doch alles und ich lasse ihr regelmäßig großzügig Geld fürs Haus, Haushalt und den persönlichen Bedarf überweisen. Woher kommt denn dann dieses hohe Minus? Ich blicke da nicht mehr durch."

Neben dem, was ihm da und dort verklausuliert zugetragen wurde, musste er zur Kenntnis nehmen, dass seine Frau in seiner Abwesenheit häufig tagelang weg war und sich irgendwo in Deutschland aufhielt. Hatte sie noch Kunden für die Beratung? Was er nicht wusste und nicht einmal ahnen konnte, war, sie pflegte nach wie vor die alten Kontakte zu ihren Liebhabern, die vorwiegend in gutbetuchten Kreisen angesiedelt waren. Ahnen konnte er es nicht, doch jetzt war sein Misstrauen geweckt. Da wurden bei Isidor alte Instinkte wach und er fuhr sämtliche Antennen aus. Was er wusste, mahnte ihn, zukünftig deutlich wachsamer zu sein, und der Gedanke Nachforschungen anzustellen, setzte sich von Woche zu Woche hartnäckiger in seinem Kopf fest.

Eine weitere Hiobsbotschaft ließ auch nicht lange auf sich warten. Unerwartet erhielt er über sein Büro die Nachricht, dass sein Sohn in Vancouver verhaftet worden war. Er solle sich dringend mit dem Generalkonsulat in Verbindung setzen. Bei einer telefonischen Rückfrage erfuhr er Details zur Sache und was man seinem Sohn vorwirft. Ihn hatte man nach Drogengenuss am Steuer bei einer Verkehrskontrolle erwischt und zudem wurden geringe Mengen Rauschgift im Auto vorgefunden. Nun sitzt er in Untersuchungshaft. Wenn jemand für die Kosten aufkommt, sei man bereit, einen Anwalt zu beauftragen. Der könnte mit gewisser Aussicht auf Erfolg versuchen, den Einsitzenden zumindest gegen Kaution frei zubekommen.

Etwas unwillig sagte Bildstein schließlich der Kostenübernahme zu und ließ über die Sparkasse per Fax eine Bankbürgschaft zustellen. Nach drei Tagen war sein Sohn wieder auf freiem Fuß, doch mit der Auflage, dass er vorerst den Bezirk Vancouver nicht verlassen darf. Beim Vater meldete er sich nicht, doch Bildstein nahm mit dem beauftragten Rechtsanwalt Kontakt auf und bat um konkrete Informationen, wie es mit seinem Filius aussieht. Er hatte keine Ahnung, was sein Sohn in Kanada arbeitete oder überhaupt tat, wie er sein Geld verdiente und wie und mit wem er dort lebt. Nicht einmal eine

Adresse war ihm oder jemand in der Firma bisher bekannt. Nun wollte Bildstein aber genau wissen, was Sache ist.

Derweil musste er sich wieder seinem eigentlichen Geschäft widmen. Neue Reisen standen an und seine Frau bereitete ihm wieder zusätzliche Sorgen. Immer mehr bohrte sich der Gedanke fest, sicherheitshalber einen Detektiv zu beauftragen, damit der in Erfahrung bringt, was sie eigentlich in seiner Abwesenheit alles so treibt.

Die bewährte und treue Haushälterin hatte zu seinem Leidwesen längst gekündigt. Stattdessen hatte seine Frau stundenweise hin und wieder eine Aushilfskraft bestellt, wenn größere Putzarbeiten anstanden. Nur der Gärtner aus dem Dorf kümmerte sich noch um die Außenanlagen, mähte den Rasen, pflegte die Büsche und Bäume und schnitt Hecken. Von dieser Seite erfuhr der Chef nie ein Wort zu seiner Ehefrau, der Gärtner hatte aber auch weniger Berührungen, denn die Abrechnungen ging über die Firma und nur sehr selten betrat dieser das Haus. Das tat er nur, wenn die Hausherrin ihm einmal ein Getränk anbot oder vorbeibrachte und sich draußen kurz mit ihm unterhielt, dann wechselte er einige Worte mit ihr, und was er sonst sah, darüber verkniff er sich nur ein Sterbenswörtchen kundzutun. Da hielt er es lieber mit den „drei Affen", nichts sagen, nichts sehen, nichts hören.

13

Neuer Ärger mit seiner Tochter

Seine Tochter Michelle hatte vor Jahren die Schule abgebrochen und vor dem Abitur verlassen. Nach dem Tode der Mutter wurde das Verhältnis zwischen Vater und Tochter noch schwieriger. Zwar hatte er ihr irgendwann eine Wohnung gekauft und überwies monatlich 1500 Mark oder später den Betrag in Euro auf ihr Konto. Das reichte für ihren Alkoholkonsum aber offensichtlich nicht aus und sie machte in Geschäften da und dort Schulden, die Isidor Bildstein, wenn er darauf angesprochen wurde, murrend ausglich. Strikte Anweisungen, seiner Tochter ohne Geld nichts zu geben, fruchteten nicht, sie fand einfach trickreich stets neue oder andere Quellen. Verbote wollte er eigentlich nicht, da entsteht nur zusätzliches Gerede und lieber löste er die Schulden aus, wenn sich die Gläubiger an ihn wandten. Sprach er seine Tochter auf diese ärgerlichen Vorgänge und ihr Verhalten an, versprach sie hoch und heilig sich zu bessern und bestritt überhaupt ein Alkoholproblem zu haben, später redete sie dann gar nicht mehr mit ihm. Über mögliche Zukunftspläne wollte sie zuvor schon nicht mit dem Vater diskutieren. Ehrlich gesagt, warum sollte sie auch, sie war doch rundum versorgt. Für ihre Verhältnisse ging es ihr gut, es fehlte nichts.

Nach sechs Wochen Behandlung in der Renchner Fachklinik Renchtal folgten, auf Empfehlung und Rat der Ärzte, in kürzeren oder längeren Abständen weitere Maßnahmen, um die junge Frau von der Sucht wegzubringen. Die Kosten wurden teils von der Krankenkasse übernommen, zusätzliche einige tausend Euro blieben beim Vater hängen. Genützt hatte das alles nichts. Kaum war sie wieder zu Hause und befand sich in ihrer eigenen Wohnung, leerte sie auch schon die erste Flasche Cognac und das Spiel, nein, der Teufelskreis begann aufs Neue. Der Vater befürchtete aus gutem Grund, dass es mit seiner Tochter genauso enden würde, wie es mit seiner Frau ausgegangen war, und das wollte er, wenn es noch irgendeinen Weg dafür gibt, möglichst verhindern. Deshalb beriet er sich mit dem Hausarzt und auch dem Haussyndikus. Sie gaben ihm den Rat, einen vom Gericht bestellten Betreuer zuzulassen und die Tochter unter eine geordnete Aufsicht zu stellen – oder besser gesagt, sie an der langen Leine geführt zu begleiten. Das bedeutete für sie schon fast eine Vormundschaft. „Ich werde es mir überlegen", versprach er und ging. Tage später gab er ihnen die Anweisung und ließ ihnen freie Hand, die dafür nötigen Schritte einzuleiten.

Die notwendigen Maßnahmen wurden über das Amtsgericht in die Wege geleitet und die Tochter von Amts wegen unter Pflegschaft gestellt. Er, der Vater wollte sich da heraushalten und auch von der Verwandtschaft wollte er keinen mit der delikaten Aufgabe betraut wissen. Hätte er die Pflegschaft übernommen, wäre das mit Sicherheit schiefgegangen. Das Amt bestellte deshalb einen erfahrenen Sozialarbeiter aus Zell, der als bewährter Bewährungshelfer seit Jahren schon tätig war und schon viele schwierige Klientel betreute. Im nächsten Schritt wurde sie in den geschlossenen Bereich des Betreuungs- und Pflegezentrums St. Georg in Nordrach – dem ehemaligen Sanatorium Rothschild – eingewiesen. Damit hoffte Isidor als Vater inständig, dass seine Tochter unter dauernder Aufsicht vom Alkohol wegkommt und doch noch irgendwann imstande sein würde, ein solides eigenständiges Leben zu führen.

In den ersten Wochen durfte sie dort von niemand besucht werden. Die Ärzte hielten es für angebracht und notwendig, „zumal der radikale Entzug vorerst massive körperliche Spuren hinterlassen wird", wie sie warnten. Nach vier Wochen wollte der Vater aber doch einmal seine Tochter in der Klinik besuchen, doch sie lehnte es ab und empfing ihn nicht. Vehement verweigerte sie jeglichen Kontakt und war noch abweisender als jemals zuvor. Das machte ihn zuerst nur wieder wütender und dann folgten Enttäuschung und Verbitterung über seine missratenen Nachkommen. „Wenn sie Geld brauchten, dann war ich immer gut genug und sie wussten, wo ich bin. Immerzu darf ich den Zahlmeister spielen, eine Rendite bringt mir das jedoch nicht. Nutzlose Investition würde man im Geschäftsleben sagen", stellte er mit Verbitterung aber nüchtern sachlich fest.

Vom einstigen Vaterstolz war nichts mehr geblieben, es schmerzte ihn nur noch im Herzen und fast körperlich, im Blick auf seine verkorkste Familie. Längst bereute er, überhaupt Kinder in die Welt gesetzt zu haben. Realistisch genug, sich mit den realen Gegebenheiten notgedrungen abzufinden, beließ er es bei Gesprächen mit den Ärzten und dem sie betreuenden Sozialarbeiter. Hin und wieder ließ er ihr aber auf diesem Umweg Obst, Süßigkeiten oder andere Geschenke zukommen, ohne, dass sie erfahren sollte, woher das kam.

14

Der Detektiv nimmt die Arbeit auf

Die Situation zu Hause hatte sich weiter zugespitzt und drohte zu eskalieren. Nichts war mehr mit trauter Verliebtheit und Hingabe der Angebeteten. Intimes Zusammensein lehnte seine Frau nun schon seit Monaten strikt ab, bemängelte seine Schwächen und nörgelte an seinen Eigenheiten, erhob überdies nur Vorwürfe und stellte alle möglichen Forderungen. Das machte Isidor zwischendurch rasend wütend und er konnte sich kaum Beherrschen. Immer mehr reifte der Gedanken, „ich muss einen Detektiv beauftragen um Klarheit zu schaffen. Was habe ich mir da für eine Natter ins Haus geholt?", stellte er sich schließlich wütend die Frage. Er traute nun seiner Gattin auf der ganzen Linie nicht mehr und wunderte sich über sich selber, warum er so blauäugig war, die offensichtlichen Warnsignale nicht schon viel früher wahrgenommen hatte und auf dezente Hinweise aus seinem Umfeld nicht hören wollte. „War ich denn blind oder taub? Herrgott Isidor, du alter Simpel, du Hornochse, hast dich wie ein verliebter Pennäler aufs Kreuz legen lassen?" Langsam dämmerte ihm, dass seine Angetraute es „nur auf sein Geld und seine Stellung in der Gesellschaft abgesehen hatte".

Seine treue und verschwiegene Sekretärin bestärkt ihn in dem Entschluss und sie vermittelte unverzüglich einen Termin mit der „Argusauge Detektive" in Offenburg. Mit einem Mitarbeiter dieses Hauses besprach er zwei Tage später wie vorzugehen sei, und der Mann nahm sofort die Arbeit auf. Sechs Wochen lang beschattete der Detektiv die Frau zu Hause, ebenso auf deren häufigen Reisen. Zwischendurch gab er Bildstein Berichte und schickte ihm Bilder von seinen Ermittlungen zu. Dann wusste Bildstein genug und hatte schlichtweg die „Nase gestrichen voll." Was er erfahren musste, erschütterte ihn zutiefst. „War ich bisher blind? Warum ist mir nie aufgefallen, dass mir meine junge, attraktive Frau nur Hörner aufsetzt?" Nach allem, was er jetzt wusste, war seine Frau schon lange bevor er sie kennenlernte eine Edelprostituierte. Unter dem eleganten Begriff einer Hostess hatte sie regelmäßige Treffen mit gutbetuchten, gutsituierten Herren, und davon bezog sie vor der Heirat wohl ausschließlich ihren Lebensunterhalt.

Nur kurz unterbrach sie nach dem Einzug in Nordrach die gewohnte Tätigkeit, nahm die Kontakte aber schon Monate später wieder auf. Vielleicht hatte der Autokauf die Sache begünstigt. Und er hatte über zwei Jahre nichts davon mitbekommen, dafür alle Hinweise aus seinem Umfeld als böswillige Verleumdung, Neid oder sonst was rigoros abgetan; er hatte es nichts hören und nichts davon wissen wollen. „Nun aber werde ich den Augiasstall ausmisten und Tabula rasa machen", nahm er sich wild entschlossen vor. „Da wird sich meine Schöne noch wundern, wer sich mit Isidor Bildstein anlegt, der muss sich ganz warm anziehen."

Nach seinem Terminplan sollte er sich offiziell noch drei Tage geschäftlich in den USA aufhalten, war aber bewusst früher zurück und kam somit unerwartet nach Hause. Da spielte ihm voll in die Hände, dass Besuch im Haus anwesend war. Im

Wohnzimmer saß ein Mann Mitte vierzig, ein Glas Rotwein vor sich, und Vivien im schnittigen, enganliegenden Hausanzug erbleichte sichtlich bei seinem Eintritt ins Haus. „Du bist schon zurück, ich habe dich erst am Freitag erwartet." „Ja, da staunst du, ich habe wichtiges mit dir zu bereden. Wer ist der Besucher?" „Es ist ein alter Bekannter, der gerade zu Besuch in Nordrach weilte und kurz bei mir vorbeigeschaut hat. Wir haben alles besprochen; er wird gleich gehen." „Faulhaber, Gerhard", stellte sich der Genannte leicht stotternd vor und es war ihm anzumerken, wie peinlich ihm diese Begegnung war. Er war durch die Rückkehr des Ehemannes überrascht worden und zeigte sich leicht verwirrt. „Dann gehe ich mal und lass gelegentlich von mir hören", sagte er zu Vivien und verabschiedete sich von beiden kurz und bündig und ohne Handschlag.

Kaum war der Besucher aus dem Haus, bat Isidor seine Frau an den Tisch und kam gleich zur Sache. Punkt für Punkt warf er ihr alle Details der ihm vorliegenden Recherchen vor. Vivien war kreidebleich geworden und zeigte sich anfangs sprachlos. „Ich werfe dir arglistige Täuschung vor, und dass du dich bei mir nur eingeschlichen und mein Vertrauen missbraucht hast, weil du auf mein Geld und mein Vermögen aus bist!"

Dass die Sache aufflog und so schnell, damit hatte sie nicht gerechnet und sich ganz andere Zukunftspläne gemacht. Vielleicht hatte sie heimlich auch damit gerechnet oder darauf spekuliert, dass sich ihr Ehemann bei seinen vielen Reisen und seiner angeschlagenen Gesundheit einmal übernehmen würde und plötzlich das Zeitliche segnet, dann wäre sie die lachende Erbin geworden. Nun sah sie nüchtern genug innerhalb weniger Minuten alle Felle davonschwimmen. Interesse, dabei eine gute Figur zu machen, hatte sie nicht. Sie zeterte, sie giftete und das, was sie ihm gehässig an den Kopf warf, das hörte er bewusst schon gar nicht mehr und das war gut so, vielleicht hätte er sich sonst vergessen und wäre handgreiflich geworden.

„Ich gebe dir drei Stunden Zeit, packe deine Sachen und verschwinde. Bis dahin gehe ich ins Dorf und wenn ich zurück bin, will ich dich hier nicht mehr sehen. Das Auto bleibt da. Bestelle dir ein Taxi und sieh zu, wo du bleibst." So einfach ließ sich Vivien aber nicht abspeisen und rastete nun regelrecht aus, sie fluchte wie er es noch nie von ihr oder einer anderen Frau vernommen hatte und auch nicht zugetraut hätte. Schon öfters hatten sie sich in den letzten Monaten gestritten und sie hatte ihm manche unschöne Szene gemacht, aber nie war seine Frau in den Verbalattacken auf solch ein niedriges Niveau gesunken, hatte so lautstark gezetert und die Türe zugeschlagen, dass man meinte, sie falle aus den Angeln. Da war eine Furie noch sanft dagegen. Das bestätigte ihn nur in seinem Vorsatz „radikal und schmerzlos reinen Tisch" zu machen.

„Wenn ich wiederkomme und du bist nicht fort, dann werfe ich dich eigenhändig vor die Tür, damit das klar ist!" Mit diesen Worten verließ er das Haus und fuhr ins Dorf. Dort kehrte er im Café Erdrich ein und ließ sich einen doppelten Espresso bringen und dazu noch einen Cognac. Beides trank er mit zitternden Händen. Er musste sich beinahe zur Ruhe zwingen. Innerlich kochte er und war auch nicht in der Lage mit anderen eine Unterhaltung zu führen, um sich auf diese Weise abzulenken. So sehr war er erregt, die Wut hielt seinen Blutdruck hoch und er musste versuchen, seine Gedanken unter Kontrolle zu bekommen, damit der Blutdruck nicht noch mehr anstieg und er einen klaren Kopf behielt. „Was habe ich mir da bloß für eine Schlange an die Brust geholt?", schalt er sich nun etwas einsichtiger geworden. Doch seine Erkenntnis kam reichlich spät; zum Glück aber nicht zu spät.

Drei Stunden später war er in seinem Haus zurück, da war seine Frau tatsächlich nicht mehr da. Das Auto fehlte jedoch, das hatte sie, trotz seiner Anordnung, wohl in Besitz genommen oder als ihr Eigen betrachtet und ist damit abgefahren. „Ich warte bis morgen, ob sie sich meldet und mitteilt, wo der Wagen steht. Sollte dies nicht der Fall sein, dann mache ich bei der Polizei eine Anzeige und lasse es zu suchen; schließlich ist es auf die Firma zugelassen und Unternehmenseigentum", nahm er sich vor, „und die Adresse wo sie unterkommt, die muss ich ja auch noch haben."

15

Der Unternehmer zieht einen Schlussstrich

Bis zum Montag hatte sich Vivien nicht gemeldet, deshalb ließ Bildstein seinen Rechtsanwalt kommen und beauftragte ihn, dass er erstens unverzüglich die Scheidung einreicht. Dazu übergab er ihm alle von der Detektei überlassenen Informationen und Bildbeweise, Belege der Zahlungen, mit denen er Schulden bei der Bank und anderen Gläubigern ausgleichen hatte müssen und er beauftragte ihn Anzeige wegen Unterschlagung des Autos zu erstatten und die Polizei danach suchen zu lassen.

Der Verbleib des Autos war schon nach zwei Tagen festgestellt worden. Die Frau war im Offenburger Stadtteil Zell-Weierbach in einer Pension untergekommen und dort stand es vor dem Haus. Anscheinend hegte die Frau immer noch Hoffnung, dass es sich ihr Noch-Ehemann überlegen würde und sie wieder zurückholt, oder sie einiges für sich doch noch retten und herausschlagen kann. Dem war nicht so und da kannte sie Isidor auch schlecht. Wer es einmal mit ihm verscherzt hatte, sollte ihm weit aus dem Wege gehen, denn seine Macht war groß und sein Arm ging weit. Widerwillig übergab sie den Beamten die Schlüssel, nachdem sie belehrt worden war, dass eine Anzeige wegen Unterschlagung vorliegt und ein Verfahren läuft. Da halfen alle ihre Ausreden nicht und die Versuche, irgendwie elegant aus der Sache ungeschoren rauszukommen Sie wurde stattdessen angehalten, den Behörden ihre jeweilige Adresse unverzüglich mitzuteilen, sonst drohe ihr die sofortige Verhaftung.

Auf diese Weise war für Bildstein sichergestellt, dass alle Mitteilungen und Zustellungen in der Scheidungssache bei ihr auch ankommen. Die Scheidung wurde eingereicht und wie es so bei den Gerichten ist, brauchte alles seine Zeit und dauerte Wochen und Monate. Das war nun aber nur das kleinere Problem. Die Bemühung von Vivien über das Gericht Trennungsunterhalt zugesprochen zu bekommen schlugen fehl. Das Gericht stellte fest, dass sie sehr wohl selbst in der Lage sei, ein eigenes Einkommen zu erzielen. So schnell gab sich die Dame aber nicht geschlagen und stellte über ihren Anwalt aus Offenburg immer wieder neue Anträge und Forderungen, die allesamt abgewiesen wurden. Sie kosteten Isidor Bildstein aber Zeit und strapazierten seine Nerven. Öfters meinte er einem Herzinfarkt nahe zu sein, so sehr plagte ihn das Herzrasen. Da seine Ehemalige auf legalem Wege in der Sache nicht weiterkam, versuchte sie es mit allen möglichen schmutzigen Tricks und unsauberen Mitteln.

16

Anonyme Anzeigen gehen ein

Die Scheidungssache nahm seinen Lauf und dauert, wie allgemein üblich und bekannt, viele Monate, wenn nicht gar Jahre. Natürlich hatte Vivien gegen die Scheidung Einspruch eingelegt, da sie kein Jahr von Tisch und Bett getrennt seien. Dann machte sie auch gleich einen Versorgungsausgleich und Ehegattenunterhalt geltend und wollte eine monatliche Zahlung von 10'000 Euro haben. Die Akten lagen aber nun bei den Rechtsanwälten und beim Gericht und das brauchte seine Zeit. Die Anträge auf sofortige Leistungen wurden allesamt abgewiesen. Da sie nicht ganz 3 Jahre verheiratet waren, und aufgrund der vorliegenden Beweise erheblicher Treueverstöße in der Ehe, machte der Rechtsanwalt Isidor Bildstein Hoffnung, das Ganze beschleunigen zu können.

Keine vier Wochen nach dem Rauswurf der untreuen Ehefrau meldete sich die Staatsanwaltschaft im Unternehmen und es folgte eine spektakuläre Durchsuchung der Büroräume und seines Wohnhauses. Hintergrund sei eine anonyme Anzeige wegen Schmiergeldzahlungen an bestimmte ausländische Stellen, wurde dem Unternehmen diese Maßnahme begründet und auch bei der Kartellbehörde war eine Anzeige eingegangen, wegen angeblichen Preisabsprachen mit Wettbewerbern. Nun ermittelten beide Behörden. Isidor Bildstein tobte und bekam wieder einmal einen Kreislaufzusammenbruch. Der Notarzt musste gerufen werden und er verabreichte ihm eine stabilisierende Spritze. Die weitere Behandlung übernahm der Hausarzt und der riet dringend zu einer Pause und längerer Erholung. Einen Urlaub im Ausland konnte er aber wegen Auflagen nicht antreten und auch vorgesehene geschäftliche Besuche im Ausland waren zu diesem Zeitpunkt nicht möglich und mussten abgesagt oder verschoben werden. Die Staatsanwaltschaft hatte angeordnet, dass er vorläufig das Land nicht verlassen darf, solange die Ermittlungen laufen, oder bis eine begründete Ausreise genehmigt wird. Weil Isidor Bildstein die wichtigen Geschäftstermine bisher immer selber wahrgenommen hatte, war die angeordnete Maßnahme nicht nur hinderlich, sondern geschäftsschädigend. Nun rächte sich, dass der Unternehmer im internationalen Geschäft in der Vergangenheit keinen Kronprinzen aufgebaut und im Kundenkreis eingeführt hatte, immer in der Einbildung und Selbstüberschätzung, nur er wäre in dieser Aufgabe gut genug dafür. Die Untersuchungen schlugen zudem in den Medien hohe Wellen und auch sowas ist Gift für den Umsatz.

Um Abstand zu gewinnen und dem Rat des Arztes zu folgen, ging Isidor Bildstein deshalb nach Bad Peterstal und bezog eine Suite im Hotel Dollenberg. „Da bin ich nah genug am Ball, aber auch weit genug vom Schuss", sagte er sich und bat die Sekretärin, ihm täglich alle wichtigen Informationen durchzugeben, Dokumente und wichtige Unterlagen per Boten bringen zu lassen, „ansonsten können sie mir schriftliche Dinge auch per Fax oder Mail zustellen und wir werden täglich telefonieren, da erwarte ich alle wichtige Informationen." Seine rechte Hand sicherte ihm die volle Unterstützung zu. „Da können sie sich wie immer voll auf mich verlassen!" Auch die

Führungskräfte sollten auf diesem Weg Kontakt halten und bei wichtigen Besprechungen einfach auf die Schnelle zu ihm ins Hotel kommen.

Dort befiel Isidor bald wieder eine schwere Depression – oder Burnout – wie man das heute bezeichnet, die ihn lähmte und in seinem Befinden sehr beeinträchtigte. Zeitweise hatte er nicht einmal Lust in die Bar zu gehen. Der Service brachte ihm was er brauchte auf sein Zimmer und eine Flasche Affentaler Spätburgunder Spätlese obendrein. Die trank er aus und dann legte er sich auf sein Bett, stierte die Decke an, ohne Ruhe zu finden, und schlafen konnte er schon gar nicht mehr. Über Stunden haderte er in Gedanken mit sich, seinem Leben, seinem ungerechten Schicksal, seiner missraten Kindern und überhaupt über die undankbare Welt. Sein ganzes Umfeld sah er nur noch grau in grau.

Auch am nächsten Tag ließ er sich das Frühstück, von dem er kaum etwas aß, wie auch das Mittagessen auf das Zimmer bringen. Erst gegen Abend raffte er sich auf, promenierte in der großzügigen Parkanlage rund um das Hotel auf und ab und wanderte zu der vom Hotelinhaber erbauten St. Anna-Kapelle, die weiter oben auf einer Bergnase gegenüber dem Hotel thront. Im Innern und leeren Raum setzte er sich in eine der leeren Bänke und meditierte. Zwei Stunden war er unterwegs und das hatte ihm schließlich gutgetan. Die abendlich ruhige Stimmung und Atmosphäre, das Zwitschern der Vögel in den Bäumen, die stimmungsvoll ihr Abendlied hören ließen, der weite Blick – auch hinüber zur rustikalen Renchtalhütte, die ebenfalls vom Hotelbetreiber Schmiederer bewirtschaftet wird, das beruhigte ihn etwas. Trotz heftiger Streitgespräche, die er mit seinen imaginären Gegnern oder Gegnerinnen führte, machten die Ruhe am Berg und die frische Luft seinen Kopf etwas freier. Dann schlenderte er gemächlich zurück und bestellte in der Bar einen Cappuccino und hinterher ein Zibärtle, den aromatischen Schnaps aus der gleichnamigen Frucht, die seit Jahren im Renchtal wieder verstärkt kultiviert und geerntet wird, und immer mehr Liebhaber findet. Nebenbei knabberte er Kekse und Nüsse, die in einer Schale griffbereit standen. Für ein Abendessen hatte er immer noch keine Lust und einfach keinen Appetit. Früh legte er sich ins Bett und erst nach Stunden fand er einen unruhigen, immer wieder unterbrochenen Schlaf, zwischendurch froh, aus seinen Albträumen aufgewacht zu sein.

Vierzehn Tage blieb er in dem 5-Sterne-Haus. Zwischendurch, wenn es im Haus etwas ruhiger geworden war, kümmerte sich der Hotelinhaber eine Stunde persönlich um ihn und sie plauderte über dies und das und diskutierten auch über die ungute Situation, in der sich Bildstein befand. Der Patron des Hotels ist ein welterfahrener Mann und kennt alle Höhen und Tiefen im menschlichen Miteinander. Wichtiger war aber Isidor, dass er jemand hatte, mit dem er offen über alles reden konnte, der ihm zuhörte und der sich in seine Situation hineinzudenken vermochte. „Weißt du was, Isidor", sagte Meinrad Schmieder, „um auf andere Gedanken zu kommen, da hilft ein gutes Gläschen Champagner, ich lass mal eines auffahren." „Wie sagte es Wilhelm Busch so treffend ‚wer Sorgen hat, hat auch Likör', und in allen Lebenslagen ist es garantiert der Humor der hilft, komm, lassen wir die Glückhormone platzen. Willst du einen meiner Lacher hören?" „Alla, Meinrad, hau raus, ich kann's brauchen:" „Also dann: Ein älteres Ehepaar sitzen zusammen im Restaurant. Auf einmal bekleckert sich die Frau mit Soße und sagt: „Oh nein, schau mal was für ein Rindvieh ich bin." Da sagt der Mann: „Ja, und bekleckert bist du auch noch." Und noch einer aus der schwarzen Kiste: „Schatz, ich hätte ja echt nicht gedacht, dass unser Sohn es mal so weit schaffen würde. Stimmt. Das Katapult ist wirklich geil. Hohl mal unsere Tochter." „Der war gut", sagte Isidor, den muss ich mir merken, du weißt wirklich, was mich bewegt, Meinrad, komm trinken wir noch einen, jetzt ist mir schon ein wenig besser."

Solche Ablenkungen zwischendurch taten ihm gut und brachten seine Gedanke wieder in geordnete Bahnen. Nach den Tagen in der Abgeschiedenheit fühlte er sich gesundheitlich soweit stabilisiert, dass es ihn drängte, er aufbrach und zurück nach Hause fuhr. Zurück im Hause und Heim war es still und einsam, deshalb wollte er sich wieder verstärkt seiner unternehmerischen Tätigkeit widmen und er hatte sich wild vorgenommen, mit brachialer Gewalt gegen alle seine Feinde anzugehen und zu zeigen, „wo Bartel den Moscht holt."

Vorerst besuchte er nur einige Händler und Kunden in Deutschland und hielt sich sonst im Büro auf. Zwischendurch versuchte er auch mit seiner Tochter Kontakt aufzunehmen, was ihm erneut misslang. Vom Betreuer wusste er aber, dass sie körperlich etwas stabilisiert war und die Aussicht bestand, bald bei einer ständigen Betreuung in ihre eigene Wohnung zurückkehren zu können.

Die anhängigen Verfahren und Ermittlungen der Staatsanwaltschaft lösten anfangs ein mächtig negatives Presse-Echo aus. Das Fernsehen berichtete über den Fall und die Boulevardpresse tat sich mit aufreißerischen Schlagzeilen im Blätterwald lautstark kund. In der Folge sanken die Umsätze seiner Firma im Inland rapide und beängstigend. Dem musste mit allen Mitteln entgegengewirkt werden und Bildstein setzte sich vehement auf allen Ebenen ein. Er gab der Presse und den

Medien dutzende Interviews und verwies auf mögliche hinterhältige Anschuldigungen, hinter denen er seine Exfrau und
deren giftige Rache vermutete. „Beleuchtet besser mal deren
Vita, das gibt viel mehr her", schoss er noch einen spitzen Pfeil
ab. Nun zahlten sich die exzellenten Verbindungen aus, die
Bildstein zur Industrie- und Handelskammer, zum Arbeitgeberverband und anderen einflussreichen Verbänden gepflegt hatte und die nun für ihn positiv Stellung bezogen oder er drängte
mit Nachdruck dazu.

Die Werbe- und Rechtsabteilung beteiligte sich mit allen
Kräften und lieferte ihm – aber auch den Medien – Hinter-
grundinformationen. Sonderaktionen wurden gefahren und in
Einzelfällen großzügige Rabatte eingeräumt. So gelang es dem
Unternehmen – und zuvorderst Isidor Bildstein – schlimmeres
abzuwenden. Schon bald zeichnete sich ab, dass das Medieninteresse nachließ und der Auftragseingang sich nach ein paar
Wochen wieder einpendelte und stabilisierte. „Da kommt mir
zugute, dass in den Medien jede Woche eine andere Sau
durchs Dorf getrieben wird", spottete Bildstein sarkastisch.

Zum Glück hatten die Umsätze im Ausland nie unter den
Negativberichten gelitten. Nicht einmal die ausbleibenden Besuche des Unternehmers und Ingenieurs hinterließen Brems-
spuren. Das fiel Bildstein aber gar nicht auf und niemand hatte
ihn auf diesen Umstand angesprochen, dass seine Reisetätigkeit im fortgeschrittenen Alter objektiv doch nicht mehr unbedingt für das Unternehmen zwingend nötig sei, wie er es sich
immer noch einbildete. Längst lief es auch so rund und es gab
andere Wege, positiv Kontakte zu pflegen oder zu erhalten. So
etwas aber offen auszusprechen, hätte für den Betreffenden
Selbstmord im Job bedeutet und kam daher für keinen infrage.
Da hütete sich jeder wohlweislich.

Wenn er zu sich selber gegenüber ehrlich gewesen wäre, hätte er sich vielleicht eingestanden, dass es ihm bei allen seinen Reisen und Geschäftsbesuchen nicht oder nicht nur um Umsätze ging. Sie waren sein Elixier, sein Leben; seine Firma bedeutete ihm alles. Das Unternehmen war sein Baby, seine Familie, seine Heimat und sein einziger Fixpunkt, und nun noch mehr, indem er sich nach all den Misshelligkeiten an etwas festhalten wollte und daran aufbauen konnte.

Die nächsten Monate waren ausgefüllt mit Gesprächen bei Rechtsanwälten, Gerichtsterminen und Unmengen an Korrespondenzen, die seine Sekretärin fleißig und ohne Murren erledigte. Zahlreiche Überstunden waren nötig. Zwischendurch ließ er ihr eine Sonderprämie von 5000 Euro auszahlen und ein stattliches Blumenbukett zustellen. Das sollte eine spezielle Geste des Dankes sein, und die gute Kraft wusste es wohl zu würdigen und freute sich ehrlich darüber.

Nach für Isidor Bildstein zermürbenden Monaten und nur dank des Drucks des cleveren Rechtsanwaltes, wurden die Ermittlungen der Staatsanwaltschaft mit Vergleichen eingestellt. Die wenigen begründeten Fälle von zum Verkaufserfolg oder Aufrechterhaltung der Geschäftsbeziehung „unterstützenden Maßnahmen" reichten für eine Anklage vermutlich auch nicht aus. Man hätte auch „Kundenpflege" dazu sagen können. So war es auch im Interesse der Staatsanwaltschaft, dass man sich in einem Vergleich einigen könnte und sie leiteten die Sache an die Gerichte weiter.

Damit waren die Einschränkungen nun erstmal vom Tisch und man konnte der weiteren Entwicklung gelassener entgegensehen. Diese Etappe der unseligen Geschichte feierte Bildstein mit der Nordracher Belegschaft seines Unternehmens und einigen Dutzend ausgewählten Gästen groß in der

Hansjakob-Halle im Dorf, und dabei ließ er auch die örtliche Musikkapelle aufspielen. Es wurde ein grandioses Fest und man merkte, auch die meisten Mitarbeiter waren froh, dass die Sache bisher glimpflich ausgegangen ist. Es ging um nicht mehr oder weniger auch um ihre Arbeitsplätze. Da ließen es einige richtig krachen, vielleicht aber auch, weil es reichlich Essen und Getränke umsonst gab.

Vorbei waren damit allerdings nicht die vielen Indiskretionen, die publiziert worden waren und subtilen Anschuldigungen, die in bestimmten Medien auftauchten und anscheinend immer aus einer einzigen Quelle gespeist wurden. Die „Ex" schien es also auch weiterhin noch gut verstanden zu haben, willfährige Männer für ihre üble Zwecke einzuspannen. Und was am Ende beim Gericht herauskommt, war noch völlig ungewiss und hing wie ein Damoklesschwert über dem Unternehmen. Wie sagt die römische Juristenweisheit?: „Vor Gericht und auf hoher See und sind wir allein in Gottes Hand."

17

Kampf um den Sohn

Auch in Kanada hatte sich Entscheidendes bewegt. Das Verfahren gegen seinen Sohn war eingeleitet worden, ohne dass dieser sich mit dem Vater in irgendeiner Weise in Verbindung gesetzt oder bei ihm gemeldet hatte. Der Gerichtstermin stand fest, und wie der Rechtsanwalt, der den Sohn verteidigte, schon andeutete, sah es nicht gut für seinen Mandaten aus. Zu eindeutig war die Beweislage und die Gesetze sind in Kanada streng. Man hat Frank Bildstein nachweisen können, dass er schon seit längerem und regelmäßig Rauschgift konsumiert und zur Finanzierung in nicht geringem Umfang gedealt hatte.

Im Prozess wurde er zu 6 Monaten Haft auf Bewährung verurteilt, ferner zu einer Geldstrafe über 1000 kanadische Dollar. Dazu wurden ihm die Kosten für das Verfahren auferlegt, Ersatzweise für die Strafe wurden weitere drei Monate Haft verfügt, wenn sie nicht bezahlt werden sollte. Mit der Rechtskraft war gleichzeitig die Ausweisungsverfügung verbunden. Nach Zahlung der Geldstrafe und aller Kosten musste der Verurteilte das Land in einem festgelegten Zeitraum verlassen haben oder er würde zwangsweise ausgewiesen. So stand es unmissverständlich in einer Verfügung und wer die Kanadier kennt, weiß, die meinen es auch so und machen Ernst.

Nach Kenntnis dieser Sachlage transferierte Bildstein – nach einigem hin und her – dem Rechtsanwalt das Geld für die Verfahrenskosten, sein Honorar, wie auch für die auferlegte Geldstrafe und vereinbarte, dass sein Büro sich darum kümmern soll, dem Sohn die Ausreise und Rückkehr nach Deutschland geordnet in die Wege zu leiten. Die Wohnung in Nordrach stand ja noch bereit und war, wie auch die Wohnung der Tochter, seit diese im Pflegeheim betreut wurde, unbenutzt.

Im Falle seiner Tochter hatte sich auch nichts Wesentliches verändert. Sie wollte nach wie vor einfach nichts vom Vater wissen und der Betreuer meinte, es wäre besser so. „Vielleicht haben die Psychologen ihre Einstellung auch noch durch negative Einflüsse oder Beeinflussung ihrer Psyche in den Gruppen- und Einzelgesprächen verstärkt? Wer weiß, was die bei meinem Mädchen alles seelisch ausgegraben und freigeschaufelt haben? Die holen doch das Unterste nach oben oder behaupten, die Kindheit sei prägend für das spätere Leben", äußerte Bildstein einmal seine Sicht in dieser Sache. Von dem Berufsstand der Psychologe hielt Bildstein gar nichts. „Die bohren in der Seele und wühlen im Unterbewusstsein zurück bis zum Tage der Zeugung und hinterlassen anschließend nur ein seelisches Chaos. Wenn man in der Sch... rührt, dann stinkt es noch mehr", das war seine Meinung. Wohl oder übel ließ er es eben wieder sein, weiter darauf zu drängen, die Tochter besuchen zu dürfen und mit ihr sprechen zu können. „Zum Bezahlen bin ich ja gut genug", sinnierte er verbittert.

Bald darauf machte die Klinikleitung den Vorschlag, seine Tochter unter ständiger Betreuung im eigenen Wohnbereich leben zu lassen. Der Aufenthalt in der Klinik sei auf Dauer keine Lösung und bringe keine Verbesserung mehr. Nach längerer Besprechung und Abwägung der Vor- und Nachteile ließen sich Bildstein und der Sozialarbeiter von dem Vorschlag überzeugen und gaben freie Hand. Der Verwaltungschef der Klinik hatte ihm zwei weibliche Fachkräfte aus Polen benannt, die rund um die Uhr die Betreuung übernehmen könnten. Das wird nicht billig sein, die Kosten spielten aber bei der Entscheidung für den Vater keine Rolle. „Da ist nicht nur das Gehalt für die Kräfte, sie benötigen eine Wohnung und für Ausfälle oder Urlaub muss Ersatz zur Verfügung stehen oder zwischendurch der Aufenthalt in der Klinik möglich sein." „Das ist kein Problem, ich lasse den Frauen – die ja zusammenwohnen können – eine Wohnung zuweisen. Entweder miete oder kaufe ich ein Haus, und das Weitere wird sich ergeben, da soll sich der Betreuer darum kümmern." Die Einzelheiten soll der Sozialarbeiter klären und veranlassen.

Die Sache wurde in die Wege geleitet und sechs Wochen danach zog Michelle wieder in ihrer Wohnung ein. Die vorgeschlagenen Frauen hatte sie schon in der Klinik kennengelernt und wie es aussah, kam sie mit ihnen klar. „Sie stehen ihr seitdem im 12-Stunden-Rhythmus zur Seite, kochen mit ihr, machen gemeinsam den Haushalt und besorgen die Einkäufe", freute sich der Vater. „Die Kräfte sollen auch darauf achten, dass Michelle den Alkoholkonsum im Griff behält". Vom Alkohol ganz weg würde sie wohl nie wegkommen, das prophezeiten ihm bedauernd die Fachleute. Auch in der Klinik schaffte sie es körperlich nicht, ganz darauf zu verzichten, auch wenn man bei ihr zwischendurch eine Alkoholsubstitution anwendete. Die Ärzte kamen dann zu dem Entschluss, neben den speziellen Medikamenten, eine definierte Menge Alkohol zu erlauben. Fakt ist, die Psyche der Frau und die geistigen Möglichkeiten sind dauerhaft so beschädigt, dass unter normalen Umständen leider keine hundertprozentige Heilung mehr zu erwarten ist, sondern nur eine Lebensverlängerung mit gewissen Einschränkungen zu erreichen sei.

Der bisherigen Behandlung lagen angeblich Studien aus der USA und Australien aus den sechziger Jahren zugrunde, nach der Abhängige kontrolliertes Trinken lernen sollen. „Tröpfchen-Therapie" wird das genannt und wurde in den neunziger Jahren durch den Psychologen Joachim Körkel auch nach Deutschland geholt. „Das sind also keine guten Aussichten für meine Tochter", wie Isidor sich eingestehen musste.

Für die polnischen Kräfte fand Bildstein ein älteres Haus im Hutmacherdobel und kaufte es, nachdem die Frauen damit sich sehr zufrieden zeigten und einverstanden waren, dort einzuziehen. Ein kleiner Garten gehörte dazu, das fanden sie toll, und die Entfernung zur Wohnung der Tochter, dem künftigen Arbeitsplatz, konnten sie bequem zu Fuß gehen oder mit dem Fahrrad zurücklegen.

Bei der Beobachtung über Wochen hinweg, ergab sich, dass dies mit der Tochter so einigermaßen funktionierte und sie mit der Haushaltsbetreuung klarkam. Zum Sozialarbeiter bestand ebenfalls ein akzeptabler Draht. Insofern sah Bildstein das Ganze im grünen Bereich und es schien so, dass ihn fortan eine Sorge weniger belasten musste.

18

Die Ehe wurde geschieden

Nach etwa einem dreiviertel Jahr war seine Ehe überraschend schon geschieden, weil das Gericht anhand der vorgelegten Berichte und Unterlagen eine unzumutbare Härte feststellte. Der Richter schloss eine strafbare Handlung der Frau zur Erlangung der Ehe nicht aus, das soll aber weiteren staatsanwaltschaftlichen Ermittlungen überlassen werden, die von Amts wegen eingeleitet wurden. Auch Unterhalt musste der Geschiedene nicht leisten. Bei der bisherigen Lebensführung der Ex-Ehefrau, sah der Richter keine Bedürftigkeit gegeben.

Zum Glück war beim Scheidungstermin Vivien nicht anwesend, sondern sie wurde von einem Rechtsanwalt vertreten, so blieb Isidor erstens deren unflätigen Ausfälle erspart und zweitens war es für ihn besser, sie nicht mehr zu sehen. Er war auch so schon froh genug, einigermaßen glimpflich aus dem Schlamassel herausgekommen zu sein, wenngleich ihn die gemeinsamen Jahre viel Geld gekostet hatten. „Wie gewonnen so zerronnen", sagt der Volksmund, so negativ sah er das aber nicht einmal. Er hatte ja durchaus in manch schwacher Stunde größtes Glück und Befriedigung gefunden und was das Finanzielle betraf, sagte er sich: „Das habe ich in weniger als einem Jahr alles wieder hereingeholt. Mein Unternehmen bringt mir genug ein. Den materiellen Verlust kann ich locker verschmerzen, die seelischen Wunden sind da viel schlimmer und werden bleiben. Immerhin, ein paar schöne Stunden waren ja auch dabei gewesen. Donnerwetter, konnte mich dieses Biest auf Höhen des Glücks führen. Ja, ich war ein Esel und verliebt wie ein Primaner", gestand er sich ein. Dabei erinnerte er sich an ein altes Sprichwort: „Mach es wie die Sonnenuhr, zähl die heiteren Stunden nur."

Viel gravierender haben sich die inzwischen abgeschlossenen Verfahren wegen Schmiergeldzahlungen und Preisabsprachen erwiesen. Hier ist viel Insiderwissen eingeflossen und er war sich absolut sicher, dass nur Vivien dahintergesteckt haben konnte. Die Fachanwälte waren aber sehr geschickt vorgegangen und verwiesen anhand konkreter Beispiele auf die allgemein gängige und geübte Praxis. Ohne das Bakschisch in bestimmten Ländern, wäre kein Geschäft zustande gekommen. Sie arbeiteten gezielt darauf hin, die Fälle mit Vergleichen und überschaubaren Strafzahlungen abzuschließen und die Gespräche hinter verschlossenen Türen ließen durchaus berechtige Hoffnung zu, dass die Angelegenheit mit einem Kompromiss zu Ende gehen würde.

Im Vertrieb arbeiteten die Verantwortlichen immer noch mit Sonderangeboten und gewährten Sonderkonditionen, um die eingebrochenen Umsätze wieder auszugleichen. Trotzdem blies Bildstein aus allen Richtungen noch heftiger Wind ins Gesicht. Das alles ging ihm häufig, und mehrt als ihm lieb war, an die Nieren und er war sich bewusst: „Ich muss unbedingt kürzertreten." Das Ausreiseverbot war von der Staatsanwaltschaft zwischenzeitlich aufgehoben worden. Jetzt brauchte er dringend eine Auszeit und wo könnte er sich wohl am besten erholen? In der Abgeschiedenheit der Berge und in der unschuldigen Natur. Spontan dachte er an die grandiose Alpenwelt rund um den Ferienort Zermatt in der Schweiz. Er bat seine Sekretärin, ihm kurzfristig im Hotel Monte Rosa in Zermatt ein Zimmer zu buchen, was kein Problem machte. Zwei Tage später brach er in die Schweiz auf und verbrachte dort eine Woche in diesem mondänen, idyllischen Bergdorf.

Die Depressionen hatten sich erneut wie ein schwerer Sack auf seine Seele gelegt. Tapfer versuchte er dagegen anzukämpfen, indem er täglich ausgedehnte Wanderungen unternahm. Dabei besichtigte er den Weiler Zmut, eine kleine Ansiedlung auf 1936 Meter Höhe, am Fuße des Matterhorns. Das traumhafte Panorama tat ihm gut, es war Labsal für sein Innerstes. Die Ruhe und die ozonreiche Bergluft verstärkten noch sein Wohlbefinden. Der majestätische Berg – Wahrzeichen von Zermatt – thronte hoch oben über dem Tal wie eine riesige Pyramide und zog unwillkürlich den Blick auf die vollkommene Harmonie der Silhouette von dieser Seite her gesehen. Die Ansammlung, der im typisch Walliser Stil erbauten Häuser, ist auf einem gut begehbaren, beschaulichen Weg bequem erreichbar. Die dicht gedrängt stehenden dunklen Holzhäuser verströmten Ruhe und Frieden in einer einsamen und intakten Berglandschaft. Genau das war es, was er in seinem gegenwärtigen Zustand dringend brauchte. Unterwegs dachte er zumindest streckenweise nicht an das, was ihn seit Monaten belastete und niederdrückte. Im Restaurant Jägerstube hielt er Einkehr und bestellte eine Portion Schweizer Rösti, ein feines, deftiges Gericht aus geraspelten Kartoffeln mit Speck und Spiegelei. Man sagt: „Essen und Trinken hält Leib und Seele zusammen." In diesem Falle war es ihm ein Hochgenuss; einst ein einfaches „Armeleuteessen", für ihn nun eine absolute Delikatesse. Vielleicht hatte die würzige Bergluft seinen Appetit noch verstärkt. Dazu trank er ein Viertel des gehaltvollen

Dôle, einem samtweichen AOC-zertifizierten Rotwein, aus der Pinot-Noir-Rebe gewonnen und angesiedelt im Wallis. Zufrieden lief er hernach gemächlich den Weg zurück, ging ein Stück längs des rauschenden Zmutbaches und betrachte versonnen die grünliche Färbung des Wassers, was wohl durch vom Gestein gelösten Mineralien zu begründen ist.

Nach einem entspannten Abend ging er am anderen Tag in etwa die gleiche Richtung, aber nun nach Blatten, eine frühere Maiensäß. Auf den üppigen Almwiesen, mit einer Vielzahl an bergtypischen Kräutern, weidete früher den Sommer über das Vieh der Zermatter Bauern. Heute ziert den Weiler die Barockkapelle „Maria Rosenkranzkönigin" aus dem Jahre 1640, mit einer bemerkenswerten Akustik. Die alten Holzhäuser sind authentische Walliser Berghäuser. Ergänzt wird das Ensemble mit einem gepflegten Kräutergarten, gesponsert von Ricola – dem bekannten Schweizer Kräuterbonbon-Hersteller – und danach natürlich auch benannt.

Viele Wanderwege durchziehen das alpine Gelände rund um Zermatt und unterhalb des atemberaubenden Panoramas stolzer 31 Bergriesen rundum und gewaltig das Bergdorf überragend, alle über 4000-Meter hoch. Im Bergrestaurant Blatten gönnte er sich wieder ein gutes Mittagessen, dann wanderte er zurück, doch sein Weg führte ihn diesmal auf den Holzstegen durch die wildromantische Gornerschlucht. Der Nachmittag war heiß geworden, so tat ihm die schattige, kühle Passage durch die beschattete Schlucht und einzigartige Naturschönheit angenehm gut.

Den dritten Tag begann er frühmorgens im Spa-Bereich, relaxte, ließ sich massieren und schwamm einige Runden im Pool. Nach einem ausgedehnten Mittagsschläfchen war sein Wunsch, den autofreien Ort zu erkunden. Gemächlich bummelte er die Straßen rauf und runter, besah sich aber weniger die Schaufester mit den teils sündhaft teuren Auslagen, er betrachtete stattdessen in Ruhe die aufwendig restaurierten alten Gebäude und Hütten. Mit Schmunzeln nahm er die geniale Technik wahr, wie man vor Zeiten schon die Häuser und Speicher gegen eindringende Mäuse zu schützten wusste. Sie stehen auf Stelzen, von Steinplatten unterbrochen, die für die pelzigen Eindringlinge und Nager unüberwindliche Hindernisse darstellten. „Die Altvorderen waren auch nicht dumm und wussten sich zu helfen; alle Achtung", entfuhr es Isidor vor Bewunderung. Zuletzt bummelte er über den Friedhof in der Nähe des Hotels und befasste sich bewusst mit den vielen Bergtoten, die über die Jahrzehnte hier ihre letzte Ruhe gefunden haben. Viele begeisterte Bergsteiger, Bergführer und Bewohner der Weiler fanden in jungen Jahren durch Unglücksfälle vorzeitig den Tod und mahnten nun mit ihren Grabmälern, an die unumstößliche Vergänglichkeit des irdischen Daseins. „So ist das Leben und da ändern weder Doktoren noch Pfarrer etwas daran", so seine spontane Erkenntnis zum unabänderlichen Schicksal jedes Individuums.

Die würzige kühle Bergluft und das Ozon – oder was immer den Sauerstoffgehalt in den Bergen positiv anreichert – taten Bildstein spürbar gut. Und abends lenkten ihn unterhaltsame Gespräche mit anderen Hotelgästen ab. So baute er wieder auf, ja er gewann schnell neue Energien zurück und hätte sich am liebsten gleich in die gewohnten geschäftlichen Aktivitäten gestürzt. Doch er war vernünftig und zwang sich vorerst noch zur Ruhe.

Oft blieb er während seinen Wanderungen da und dort, besonders an beeindruckenden Aussichtspunkten kurz stehen, hielt einen Augenblick inne und füllte tief durchatmend seine

Lunge. Einmal bestieg er morgens die Gornergratbahn und fuhr mit ihr zur 3089 Meter hoch liegenden Gornergrat-Station. Der Ausblick von der weitläufigen Aussichtsplattform nach links zum Monte-Rosa-Massiv, den Bergriesen Castor und Pollux, Breithorn und halb rechts zum Matterhorn, waren einfach überwältigend. Unter ihm sah er die zwei Gletscherströme vom Bergmassiv herunter drängend, wie sie sich unterhalb zu einem vereinen. Hier hatte die Welt eine völlig andere Zeit und Dimension, welche die kleinen, unwichtigen Ärgernisse, die sich die Menschen selber bereiten, in Vergessenheit versinken lassen.

Noch einmal gönnte er sich an einem Tag eine spezielle Bergfahrt, doch nun mit dem Sunnegga-Express zur Sunnegga hinauf, auf halber Höhe über dem Mattertal. Die Fahrt dauerte nur wenige Minuten. Oben erwartete ihn bei azurblauem Himmel und makellos-intensivem Sonnenschein eine hochalpine Landschaft par excellence. Nur höher noch sind die Bergriesen um Zermatt, unten lag der Ort sah sanft eingebettet im Tal und ihm fiel die massive Bauverdichtung des einst kleinen Dorfes auf, sah, bis an den Hängen ansteigend ist jedes Fleckchen bebaut. Jedes Grundstück, jedes Stückchen einstiger Wiesenflächen scheint inzwischen der Bauwut geopfert worden zu sein.

Die körperlich kraftraubenden, jedoch die Seele entspannenden Wanderungen im Flair und im Einflussbereich der grandiosen Bergkulisse dieses fantastischen, hochalpinen Bereiches, taten seiner geschundenen Seele gut. Leider gelang es ihm selbst dabei nur bedingt, sich zu jedem Augenblick von den belastenden Dingen zu lösen. Wieder und wieder bedrängten ihn dunkle Gedanken, die ihn zurückfokussierten zur eigenen Familie, die ihm so Probleme machte, die sein Leben so sehr belasten. Dann gewannen die Gedanken schnell die Überhand und umnebelten sein Bewusstsein wie dunkle Wolken.

Dabei wurde ihm wohl bewusst: „Das ist mein Leben, und ich habe nur dieses eine, das ist das Wichtigste für mich. Wenn ich einige Jahre noch ein einigermaßen erfülltes Erdendasein haben will, dann muss ich dringend einiges verändern. Ein zufriedenes Leben ist schließlich wichtiger als Geld, Macht und Ansehen."

Das waren ganz neue Einsichten und Töne und er stellte selbstkritisch sich wohl die Frage: „Warum bin ich nicht schon früher darauf gekommen? Geld habe ich doch genug. Ich muss das Leben jetzt unbedingt ändern, solange noch eine Möglichkeit dazu besteht und ich geistig frisch genug dazu in der Lage bin."

Rundum erholt, mit der Welt etwas versöhnter, mit neu gewonnener Zuversicht und auch den frisch getankter Energien, sowie dem Ergebnis seiner Überlegungen, kehrte er nach diesen Tagen entspannt und etwas glücklicher in sein geliebtes Nordrachtal zurück.

Blatten hoch über Zermatt mit Blick zum Matterhorn

Gletscherströme unterhalb des Gornergrats

19

Harte Strafen für das Unternehmen

Knapp eineinhalb Jahre nach der Einleitung, waren fast alle der anhängigen Verfahren der Staatsanwaltschaft wegen den angeblichen Schmiergeldzahlungen, auf diese oder jene Weise auf dem Vergleichswege abgeschlossen. Längst hatte der für das Unternehmen tätige Rechtsanwalt ein namhaftes, international renommiertes und spezialisiertes Anwaltsbüro aus Achern eingeschaltet, das die Federführung in den Verfahren innehatte. Natürlich geht in manchen Ländern nichts ohne spezielle Zahlungen an Personen oder Institutionen, so argumentierten die gewieften Anwälte und setzten alle Hebel in Bewegung. Es gelang ihnen zumindest in den Fällen der Schmiergeldzahlungen die Angelegenheit mit Vergleichen gegen die Zahlungen von insgesamt 500'000 Euro einstellen zu lassen. Dem stimmte Bildstein zu, damit wenigstens diese Fälle vom Tisch waren und das Unternehmen etwas aus dem Fokus der Medien kam.

Noch nicht abgeschlossen war die lästige Sache bei der Kartellbehörde wegen Preisabsprachen. Das hing noch immer in der Luft und ging nicht ganz so glatt über die Bühne. Ein Wettbewerber hatte die Chance ergriffen, sich als Kronzeuge zur Verfügung gestellt und gab gewisse Absprachen zu. Damit entging dieses Unternehmen einer Bestrafung. Die Nordracher

Unternehmensgruppe dagegen wurde zur Zahlung von 2 Millionen verurteilt. In der Beratung empfahlen die Rechtsanwälte keine Berufung einzulegen, sondern die Strafe anzunehmen, damit auch diese leidige Sache vom Tisch war. Je schneller das Verfahren beendet ist, desto schneller gerät es auch in den Nebel des Vergessens. Diese Logik sah Bildstein durchaus ein. Das tat man dann auch, denn die Summe ließ sich locker verschmerzen. Die Geschäfte liefen längst wieder glänzend und rund, bei jährlich wachsenden, satten Zuwachsraten. Die Gewinne sprudelten nur so. So gesehen konnte das Unternehmen die Strafe gewissermaßen aus der „Portokasse" bezahlen.

Die Gruppe hatte am Ende sämtliche Strafzahlungen ohne Spuren zu hinterlassenen gut verkraftet. Erstens hatte man längst Rückstellungen gebildet und zweitens bestand eine außergewöhnlich gute finanzielle Basis und eine hohe Eigenkapitaldecke. Das war also nicht das Problem. Längst war auch in den Medien und im Bewusstsein der Kunden genug Gras über die Vorfälle gewachsen und der Auftragseingang stimmte wieder. Insofern hätte Bildstein allen Grund gehabt, alles was zurücklag und ihn bedrückte, abzuhaken und hoffnungsvoll nach vorne zu blicken. Sein privates Vermögen belief sich im satten zweistelligen Millionenbereich, und in seinem Alter hätte er sich auch längst aufs Altenteil zurückziehen können. Im Unternehmen gab es an den entscheidenden Stellen fähige Leute, die in der Lage waren, das Firmenschiff sicher in die globale Zukunft zu steuern, die Garant sein könnten, sein Lebenswerk erfolgreich fortsetzen. Nur, diese Dinge sah Bildstein – der Ingenieur – nur noch durch einen Tunnel mit tiefschwarzen Umrissen. Vergessen war auch längst sein in Zermatt gefasstes Vorhaben, entscheidendes in seinem Leben zu verändern. Wieder lief er beim Tun und Handeln im alten Trott weiter.

Die für Isidor Bildstein körperlich so belastenden Ereignisse hatten unauslöschlich tiefste seelische Spuren hinterlassen. Die Siebzig überschritten, war er nur noch ein Schatten seiner selbst. Wo sind die Dynamik, der Elan, der jugendliche Schwung geblieben, das ihn einst so ausgezeichnet hatte, wo seine Kreativität und seine inspirierende Wirkung auf andere?

Resistent gegen gute Ratschläge seiner wenigen, ihm noch verbliebenen Freunde, taub bei Empfehlungen der Ärzte und Rechtsanwälten, so schlitterte er unaufhaltsam und unmerklich in die Katastrophe. Oder eigentlich war es noch schlimmer. Wenn einer ihm einen wohlgemeinten Rat geben wollte, bekam Bildstein das oft genug in den falschen Hals und dann reagierte er wütend und ausfallend. Wer nicht gleich die Verbindung zu ihm abbrechen wollte, der behielt also seine Ratschläge fortan besser für sich. Vermutlich war Bildstein von seiner geistigen Verfassung her auch gar nicht mehr in der Lage, objektiv die Lage voll zu erfassen. Er sah weder seine eigene körperliche Verfassung, noch den gesundheitlichen Zustand in dem er sich befand, noch was für die Zukunft des Unternehmens wichtig und notwendig gewesen wäre.

Längst hatte ihn die Depression wieder voll im Griff und ein ausgeprägtes pessimistisches, negatives Denken lähmte ihn in allen zukunftsweisenden Entscheidungen. Mehr aus diesem Bereich gesteuert, glich er sein permanentes Unbehagen mit Ungerechtigkeit und Misstrauen gegen die, die nicht seiner Meinung waren, rücksichtslos aus, oder wie sagt man so salopp: „Ohne Rücksicht auf Verluste", ging er seinen Weg.

20

Der Sohn kehrt zurück

Schon länger als zwei Jahre war es her, dass sich sein Sohn auch wieder einmal direkt, telefonisch beim Vater gemeldet hatte. Seine Mitteilung: „Ich werde morgen abgeschoben und komme übermorgen in der Frühe in Frankfurt an. Kannst du mich von da abholen lassen? Ist meine Wohnung noch da und kann ich da vorerst unterkommen?", wollte er noch wissen. „Deine Wohnung ist frei, so wie du sie verlassen hast. Melde dich in der Firma bei meiner Sekretärin, die hat den Schlüssel. Ich gebe ihr auch Bescheid, dass sie einen Fahrer beauftragt, der dich am Flughafen abholen wird. Wie kann man dich erreichen, damit sie mit dir Einzelheiten, Ankunft und so weiter besprechen kann?" Dann gab er dem Vater seine Handynummer. Isidor informierte die Sekretärin und gab die Nummer durch, mit der Bitte, alles Nötige zu veranlassen.

Die Rückkehr seines Sohnes lief wie abgesprochen, zwei Tage später war Frank in der alten Heimat Nordrach zurück und in seine Wohnung eingezogen. Mehr als das Handgepäck besaß er nicht und hatte nicht mehr dabei. Abends traf sich der Vater mit ihm und sie gingen gemeinsam ins Gasthaus Stube zum Essen, denn der Sohn hatte tagsüber nur ein Brötchen gegessen, das ihm der Chauffeur spediert hatte. In seiner Tasche befand sich nicht ein einziger Cent. Jetzt gab Isidor seinem Sohn erst Mal 500 Euro, damit er sich am anderen Tag den nötigen Bedarf an Vorrat einkaufen konnte und was er sonst fürs Erste dringend benötigte.

In der Hoffnung, dass sich das Verhältnis zu seinem Sohn doch noch bessern möge, versuchte er im Gespräch herauszufinden, was er nun vorhätte oder was er machen wollte, wie es weitergehen kann. Der Sohn reagierte in allem sehr einsilbig. Der Vater merkte auch schnell, dass sich sein Sohn im Wesen und Verhalten sehr verändert hatte. Er kam ihm wie ein Fremder vor. Eines aber wurde ihm langsam klar, im Unternehmen konnte er vorerst nicht unterkommen. Viele kannten Franks Werdegang und dann „der Sohn vom Chef", das würde nicht gutgehen. „Ich will mit meinem Bruder reden, ob der dich vorläufig bei sich in der Werkstatt beschäftigen kann, bis Gras über alles gewachsen ist." „Das kommt gar nicht infrage. Ich mache doch nicht den Deppen, den Handlanger für deinen Bruder", brauste Frank auf und das Gespräch endete wie früher so oft, erst im Streit und dann im Schweigen. Der Sohn stand auf und verließ das Lokal.

Kurz darauf bezahlte Isidor Bildstein und ging verärgert nach Hause. In seinen Gedanken wühlte es wieder. „Wieso kann ich nicht vernünftig mit meinem Sohn reden, wieso werde ich so bestraft, womit habe ich so einen missratenen Nachwuchs verdient?" Da gab es einfach keine Erklärung und schon spürte er wieder Herzschmerzen. Zu Hause benötigte er sofort seine Medikamente. Trotzdem konnte er in der Nacht keine Ruhe finden.

Im Laufe von Wochen und Monaten kamen regelmäßig böse Giftpfeile seiner „Ex", die auf allen möglichen Wegen und Ebenen versuchte ihn zu verunglimpfen oder auf schäbige Weise Geldzahlungen zu erzwingen. Öfters musste er Rechtsanwälte beauftragen, die Anzeige erstatteten. Manches lief über sein Sekretariat und es wurde ihm mehr und mehr bewusst, welche Stütze er in seiner Sekretärin hatte, die ihm soweit es möglich war, den Rücken freihielt.

Während er im Büro weilte, kam wieder eine Nachricht über solch eine hinterhältige Attacke. Darüber regte sich Isidor so auf, dass er zuerst Atemnot bekam und verzweifelt nach Luft rang. Ihm trat kalter Schweiß aus allen Poren, lief von der Stirn und über sein Gesicht. Dann sank er ohnmächtig in den Stuhl. Zum Glück hatte die Sanitätsstation einen Defibrillator im Haus mit dem eine Reanimation eingeleitet wurde. Der herbeigerufene Notarzt stellte einen akuten Herzinfarkt fest, versorgte und stabilisierte ihn, dann ließ er den Mann mit dem Krankenwagen ins Klinikum Offenburg überführen. Noch in der Nacht wurden zwei Stents implantiert, wonach er noch zwei Tage in der Intensivstation gepflegt und beobachtet wurde. Davon bekam er aber nur einen Bruchteil bewusst mit.

Weitere fünf Tage dauerte der Aufenthalt in der Klinik und schon am dritten Tag konnte er es nicht lassen, mit der Sekretärin zu telefonieren, wie auch mit dem Rechtsanwalt und führenden Mitarbeitern im Unternehmen. Mehrfach ermahnte ihn Professor Lehmann zur absoluten Ruhe. Gleichzeitig vermittelte er auch eine Anschlusskur zu Rehabilitation in der anerkannten Theresienklinik in Bad Krozingen, die unverzüglich am folgenden Montag beginnen sollte. Nach der Entlassung holte ihn der Chauffeur am Klinikportal ab und fuhr ihn erstmal zu seinem Haus. In der Wohnung telefonierte er mit verschiedenen Stellen, informierte sie über den aktuellen Stand und bekam selbst das Wichtigste übermittelt. Danach packte er anschließend ein paar Sachen zusammen und sein zuverlässiger Fahrer fuhr ihn direkt nach Bad Krozingen.

In der Klinik wurde ihm als Privatpatient ein großzügiges Einzelzimmer zugewiesen. Der Professor für Kardiologie erstellte nach dem ersten ausführlichen Gespräch und einer umfassenden Untersuchung spezielle Programme für Bewegung, Gymnastik, Ernährung und psychologische Therapien. Täglich war nun Isidor von einer Sitzung zur anderen beschäftigt, lief mit einer Trainerin durch den Park, nahm an Gruppengesprächen teil und ging zwischen durch in die Vita Classica-Therme gegenüber zum Schwimmen. Die Speisen wollte er dann doch nicht mit den anderen Patienten im Speisesaal einnehmen. Sie wurden ihm aufs Zimmer gebracht, und er hatte auch gleich im Vorfeld eine Vollpension mit schmackhafter, abwechslungsreicher Kost vereinbart, natürlich gegen einen stattlichen Aufpreis.

Drei Wochen dauerte die Kur und sie tat ihm tatsächlich gut. Die Ärzte checkten ihn erstmals so richtig von oben bis unten durch und unterbreiteten umsetzbare Ratschläge für einen sinnvollen Tagesablauf danach, mit Tipps, welche sportlichen Aktivitäten er zur Erhaltung der Vitalität unbedingt auch zu Hause umsetzen sollte. Zwar führte er auch aus der Klinik manches Telefonat mit den Verantwortlichen in der Firma und sogar mit Händlern und Kunden. Dreimal erhielt er in diesen Tagen Besuche vom Geschäftsführer und einmal vom Hausanwalt, die nicht nur nach ihm sehen wollten, sondern auch dringende, unaufschiebbare Dinge persönlich klären mussten und zu besprechen hatten. Sonst wanderte er, so oft es ging, durch den weitläufigen Kurpark und besuchte gelegentlich die historische Kapelle und das Schloss.

Das Städtchen selbst zeigte sich als ein moderner Kur- und Wellness-Ort mit langer Vergangenheit und hohem Freizeitwert, schön gelegen in der Rheinebene zwischen dem

Schwarzwald und den Vogesen, dazwischen die Erhebung des Kaiserstuhls, und inmitten des idyllischen Markgräflerlands. Im östlichen Hinterland erhoben sich Kandel und Schauinsland, bis hin zum „schönsten Berg des Schwarzwaldes", dem Belchen. Von der westwärts ziehenden Sonne beschienen, erstrahlten die waldfreien Kuppen dieser Berge. Auf der anderen Seite im Westen ist die Barriere der Vogesen und da dominierend der Grand Ballon. Hin und wieder kehrte er bei seinen Spaziergängen in einem Café ein. Und die Klinik bot samstags für die Gäste Busausflüge an, woran er an einem teilnahm. Diese Busfahrt führte ins Elsass, erst nach Obernai, dann weitere Orte an der elsässischen Weinstraße, die mit kundigem Führer besichtigt wurden. Ihn erfreuten diese abwechslungsreichen, informativen Tage, und mit anderen Mitreisenden kam er zwischendurch sogar in unverbindliche Gespräche, ohne, dass die wussten, mit wem sie es zu tun haben. Die Anonymität verhinderte eine unnötige Barriere. Ein anderes Mal nahm er ein Taxi und ließ sich nach Staufen bringen, bummelte durch die Innenstadt. Hier sah er erschüttert erstmals mit eigenen Augen, wie sehr die historische Altstadt unter einer, vor Jahren misslungenen Geothermie-Bohrungen zu leiden hat. Über zweihundert der alten Gebäude sind inzwischen durch Risse geschädigt und teilweise abbruchreif. Nach dem Bummel, oder eigentlich beiläufig am Weg, kehrte er ins legendäre Café Decker ein und bestellte sich eine Schwarzwälder Torte. Für diese Spezialität ist das Haus weithin bekannt und berühmt. Hinterher blieb er noch eine Weile bewundernd an der sehenswerten Neumagenbrücke stehen, einem technischen Denkmal aus Gusseisen und aus der Frühzeit des Metallbaus. „Schön, dass es solche Zeugnisse alter Handwerkskunst noch gibt", dachte er. Dann wurde es Zeit zur Rückkehr in die Klinik, damit er rechtzeitig zum Abendessen wieder vor Ort war. Ein anderes Mal ließ er sich an einem sonnigen Samstag durchs Münstertal – dem Tal der hundert Täler – fahren, kam am berühmten Kloster St. Trudpert vorbei und erinnerte sich kurz an den Rat seines Bruders, doch einmal „Kloster auf Zeit" oder eine Schweigezeit einzulegen, um in Wochen spezielle Lebens- und Glaubenserfahrung zu machen. Schnell verwarf er wieder den Gedanken. „Vielleicht später", nahm er sich vor.

Die drei Wochen waren abwechslungsreich und wie im Fluge vergangen. Isidor fühlte sich wieder fit genug und er kehrte positiv gestimmt nach Hause und ins Unternehmen zurück. Schon am Montag darauf lief er durch die Räume und den Betrieb, begrüßte Mitarbeiter, erkundigte sich da und dort wie es läuft und schüttelte viele Hände. Manche guten Wünsche wurden ihm mitgegeben. Es schien ihm, wie wenn sich die Belegschaft freute, dass der Chef – oder Ingenieur, wie sie ihn nannten – wieder präsent und auf den Beinen war.

Im Kurpark der Theresienklinik in Bad Krozingen

Blick zur Ruine der Faust-Stadt Staufen im Markgräflerland

21

Wie ging es weiter?

Die Wochen und Monate eilten dahin. Der Sohn meldete sich noch zwei oder dreimal, jedoch immer nur mit Forderungen nach finanzieller Unterstützung; er wollte Geld. Nicht wie es besser oder schöner gewesen wäre, darum zu bitten, nein er forderte, und das brachte den Vater stets aufs Neue auf die Palme. Doch er gab ihm etwas Geld, drängte aber hartnäckig darauf, er möge sich um eine Beschäftigung kümmern und unterbreitete dazu auch verschiedene brauchbare Vorschläge. Dabei stieß er auf taube Ohren. Dann kam Isidor zu einem Entschluss und sagte zu seinem Sohn: „Frank, ich will nicht, dass du jede Woche nur wegen Geld zu mir kommst und sonst alle Gespräche fruchtlos sind und mein Rat bei dir nichts zählt. Morgen richte ich dir bei der Sparkasse in Zell ein Konto ein und darauf lasse ich dir zum Unterhalt monatlich, quasi ein Vorschuss auf dein Erbe, 1000 Euro überweisen. Mach damit was du willst, sieh aber zu, dass du damit zurechtkommst und wenn du mehr brauchst, musst du dir eben das Geld verdienen, meine Geduld ist jetzt jedenfalls zu Ende. Basta."

Bei der Tochter lief es einigermaßen in geordneten Bahnen. Der für sie zuständige Betreuer und Sozialarbeiter erwies sich als guter Griff; es war ein erfahrener, zuverlässiger Mann. Die beiden Frauen, die sich um die Behinderte kümmerten, taten auch unaufgeregt und gewissenhaft ihre Arbeit. Sie sorgten dafür, dass es keine Alkoholexzesse gab und auch der Hausarzt sah regelmäßig bei seiner Patientin vorbei. So kam Michelle in ihrem eigenen Reich und in den eigenen vier Wänden ganz gut zurecht und schien in einem gewissen Maße mit der Situation vollauf zufrieden zu sein.

Mit seinem Unternehmens-Syndikus, sowie Steuerberater und Notar hatte Bildstein wenige Wochen nach der Rückkehr seines Sohnes aus Kanada einen Besprechungstermin vereinbart. Seine Absicht war, das Unternehmen in eine gemeinnützige Stiftung zu überführen und gleichzeitig ein neues Testament zu machen. Er hatte sich dazu durchgerungen, Sohn und Tochter ein lebenslanges, doch nicht zu üppiges, monatliches Einkommen aus seinem Vermögen zukommen zulassen, quasi als Pflichtteil auf das Erbe. Ein weiteres Erbe schloss er aus.

In einer mehrstündigen Besprechung legte Isidor Bildstein seine Vorstellungen dar und die Spezialisten erarbeiteten später daraus ein schlüssiges Konzept und bereiteten die nötigen Unterlagen, Dokumente und Verträge vor. Zu seiner Zufriedenheit legten sie zwischendurch auch geeignete eigene Vorschläge dar. Die steuerlichen Aspekte wurden in allen Details beleuchtet und dann das Gesamtpaket geschnürt, beschlossen und die rechtlichen Schritte in die Wege geleitet.

Der überwiegende Teil seines Vermögens und die zukünftig zufließenden Gewinne sollen der Stiftung zugutekommen und die Erträge daraus zu 80 Prozent der Prävention gegen Alkoholsucht und Rauschgift, sowie 20 Prozent der Förderung von Kindern und Jugendlichen aus Nordrach, wie auch für bestimmte soziale Zwecke zufließen. Ein zu wählendes Gremium genehmigt mehrheitlich die Verteilung und überwacht die sachgerechte Einsetzung. Die rechtlichen Schritte zur Umsetzung des Plans übernahm ein externes Büros. Das Prozedere dauerte eine gewisse Zeit, danach hatte Isidor Bildstein erstmals aber seit langem wieder das Gefühl, eine gute Entscheidung getroffen zu haben.

„Jetzt kann ich mich wieder mehr dem Unternehmen widmen", nahm er sich vor. Dabei war er sich allerdings bewusst, Reisen, so wie er sie in früheren Jahren praktiziert hatte, waren wegen seiner angegriffenen Gesundheit zukünftig nicht mehr möglich. Das bedauerte er und es ärgerte ihn, er wollte aber auch nicht einsehen, mit überschrittenen Siebzig nicht mehr das alles machen zu können, was mit vierzig oder fünfzig möglich war. Sich entschließen, alle Akquise-Aktivitäten ausschließlich den bewährten Mitarbeitern des Vertriebs zu überlassen, konnte er allerdings immer noch nicht. Dazu hielt er sich nach wie vor noch für zu wichtig und er wollte die großen Händler und wichtigsten Kunden immer noch selber betreuen und Kontakte zu ihnen pflegen.

Zur Information über die Änderungen und die Weichenstellung für die Zukunft des Unternehmens hatte er, nachdem alles in trockenen Tüchern war, an einem Freitagnachmittag eine Betriebsversammlung anberaumt. Vor der versammelten Mannschaft dankte er zuerst für die engagierte Mitarbeit aller Beschäftigten und die hohe Produktivität im Unternehmen. Ein paar Ehrungen langjähriger Mitarbeiter und verdienter Fachkräfte im Unternehmen folgte und die nahm er persönlich vor. Zudem teilte er mit: „Mit der nächsten Lohn- oder Gehaltszahlung wird jeder Mitarbeiter, unabhängig seiner Stellung und Betriebszugehörigkeit, eine einmalige und außergewöhnliche Prämie von 500 Euro erhalten." Diese Zusage brachte ihm lauten Beifall.

Dann verwies er auf seinen angegriffenen Gesundheitszustand und andeutungsweise auf die Probleme mit seinen Kindern und erklärte, niemand in der Unternehmensnachfolge zu haben. „Dies ist der Grund, warum ich die Firma in eine Stiftung überführt habe. Ich will mich etwas zurückziehen, den Verantwortlichen mehr Kompetenz geben, aber im Beirat weiter aktiv bleiben und ein oder zweimal im Monat wichtige Kunden und Ansprechpartner selbst besuchen. Das traue ich mir noch zu." Die Mitarbeiter in den anderen Firmen der Gruppe erhielten diese Neuigkeiten per Brief und auch sie bekamen die Prämie.

Jetzt war die Belegschaft informiert und wusste Bescheid. Das war nicht unwichtig, um unnötigen Gerüchten und Spekulationen vorzubeugen. Jeder wusste nun wie es weiter geht, und dass sein Arbeitsplatz gesichert bleibt. Das sollte – neben der Prämie – eigentlich einen positiven Motivationsschub geben.

Im nächsten Schritt berief er die Führungskräfte zu einem Meeting ein und gab bekannt, wie er mit seinen Ratgebern die Verantwortlichkeit und Kompetenzen neu geregelt hat. Damit traf er auf einhellige Zustimmung und hinterher hatte er das Gefühl, dass die Leitungsmannschaft mit seinen Entscheidungen ganz zufrieden schien.

Wieder verstrichen weitere Monate. Von seinen wenigen Freunden und Bekannten, denen er noch vertraute, die immer zu ihm gehalten hatten, bekam er aber doch drängender den guten Rat, sich endlich ganz aus dem operativen Geschäft im Unternehmen zurückzuziehen und stattdessen den Ruhestand zu genießen. „Du hast doch gute Leute und alles bestens geregelt. Zieh dich zurück und kauf dir ein schickes Ferienhäuschen auf Teneriffa, der Insel im ewigen Frühling. Ein mehrmonatiger Aufenthalt dort würde deiner Psyche sicher guttun und Rheuma vorbeugen. Oder verbringe den Spätsommer und Herbst in Cortina d'Ampezo, dem Nobelort in den Dolomiten, dann, wenn das Gros der Italiener nach dem Sommerurlaub abgezogen ist", wurde ihm immer wieder nahegelegt. Gutgemeinte Ratschläge von verschiedenen Seiten erhielt er genug. Noch war er aber keineswegs so weit.

22

Der Zusammenbruch

Seit der Umwandlung der Firma in eine Stiftung verging nur etwas über ein Jahr, da verfiel Isidor wieder in eine tiefe Depressionsphase – oder neuerdings wird dieses aus beruflicher Überlastung entstandene Krankheitsbild auch gerne als „Bornout" bezeichnet. Wie sagt ein altes Sprichwort? „Wer nicht hören will, muss fühlen." Völlig saft- und kraftlos sah er sich zu nichts mehr in der Lage, war völlig ohne Antrieb und Lebenslust.

Im Haus beschäftigte er seit einem halben Jahr wieder eine Halbtageskraft, die sich um seine Wohnung, seine Kleidung kümmerte und alle Einkäufe tätigte. Das Mittagessen nahm er, wenn er nicht sowieso auf einer Geschäftsreise unterwegs war, im Hotel Stube ein. Auf ein Frühstück verzichtete er schon lange. Lieber trank er Kaffee im Büro, wenn er sich dort aufhielt und abends begnügte er sich zu Hause mit einem Vesperbrot. Zu gerne verzehrte er beim Abendessen harte luftgetrocknete Schwarzwurst gut geräucherten Riemchen-Speck, den man mit einem scharfen Messer in kleine Streifen schneidet und am besten mit im Holzofen gebackenes Bauernbrot verzehrt. „So eine deftige Vesper ist mir hundertmal lieber wie ein Steak." Dazu trank er ein oder zwei Viertel Durbacher Spätburgunder, aus seinem reichlichen Vorrat vom

Weingut Freiherr von und zu Frankenstein, aus Offenburg, den er in seinem eigenen Weinkeller lagerte und über alles liebte. So war er bisher ganz gut zurechtgekommen.

Nach einem längeren, anstrengenden Spaziergang über den Huberhof, am Tennisplatz vorbei und von da hoch zum Mühlstein, von dort durch den Hutmacherdobel wieder abwärts zum Grafenberg, kam er rechtschaffen müde an seinem Haus an. Kaum stand an der Haustüre und wollte mit dem Zahlencode öffnen, stürmten zwei schwarz gekleidete und vermummte Gestalten um die Ecke und einer von ihnen hielt ihm eine Pistole an die Schläfe und forderte: „Tür auf, sofort, und hinein". Bildstein entriegelte mit zitternden Händen die Haustüre und die Gestalten drängten ihn dichtauf gefolgt ins Haus. „Tresor öffnen, Geld, alles, sofort, davai, davai!", forderte der eine mit osteuropäischem Akzent. Isidor öffnete widerwillig den Tresor, der sich im Flur hinter einem Gemälde befand. Darin lagen 3000 Euro und eine wertvolle goldene Armbanduhr, die Isidor in guten Zeiten einmal geschenkt bekommen hatte. Geld und Uhr nahmen die Gangster an sich. „Mehr, mehr", zischte der Wortführer, „du haben viel mehr Geld im Haus!" „Das ist alles, was ich hier habe, ich habe nicht mehr." Dann visitierte ihn der andere und fand den Geldbeutel. Darin befanden sich weitere 500 Euro, die Bildstein als Bargeldreserve am Tag zuvor, am Automaten für das Wochenende abgehoben hatte.

Einer bedrohte ihn weiter mit der Pistole, während der andere das Haus, sämtliche Schränke und Schubladen durchsuchte, ein fürchterliches Durcheinander hinterließ, ohne noch mehr Geld zu finden und woran sie interessiert schienen. Endlich überzeugt, dass im Haus nicht mehr zu holen war, schubsten sie Bildstein mit Gewalt ins Bad. „Wenn du nur einen Laut von dir gibst, dann erschießen wir dich, dann bist du ein toter Mann!"

Während der Überfallene eine Zeit lag angsterfüllt im Bad ausharrte, verließen die Banditen das Haus. Eine halbe Stunde verging, ohne dass Isidor sich getraut hätte, den Ort zu verlassen und durch die Räume zu gehen. Es herrschte Stille im Haus, dann wagte er es doch und erinnerte sich: „Gestern Abend habe ich doch Speck gegessen. Das lange, scharfe Messer muss noch in der Küche auf dem Tisch liegen." Sofort schlich er in die Küche, griff sich das Messer und damit durchsuchte er die Räume, ob die Gangster sich noch irgendwo im Haus befinden. Aufgelöst und zitternd rannte er danach aus dem Haus und begegnete auf der Straße, immer noch drohend das große Messer in der Hand haltend, einem Nachbarn, der schon flüchten wollte. „Ich bin überfallen worden, bitte rufen sie die Polizei", schrie er dem Mann zu. Dieser eilte schnell in sein Haus und setzte einen Notruf ab. Derweil saß Bildstein wie ein Häufchen Elend bei einem der Nachbarn auf der Gartenmauer und da saß er immer noch, als nach einer halben Stunde endlich die Polizei eintraf.

Da die Männer vermummt waren, konnte er nur vage die Größe beschreiben, und dass sie der Sprache nach, Osteuropäer sein müssten. Aus der Unterhaltung der Gangster, musste er zudem daraus schließen, dass sie über Insiderwissen verfügte, schon wegen der Kenntnis, wo er den Tresor versteckt hatte. Da verdächtigte er gleich wieder seine Ex-Frau. Entsprechende Vermutungen äußerte er auch gegenüber der Polizei.

Natürlich sind die Gangster sehr professionell vorgegangen und hatten Handschuhe getragen, so fanden sich keine Fingerabdrücke und sie hatten auch sonst hatten keinerlei verwertbare Spuren hinterlassen, niemand hatte Auffälliges gesehen. Nicht einmal ein Auto ist aufgefallen oder jemand hatte gesehen, wie sie ankamen oder abgefahren sind. Bildstein kam das im Nachhinein wie ein böser Spuck vor. Die Fahndung ergab nichts, das Verfahren wurde nach einem halben Jahr vorläufig eingestellt.

Nach diesem Vorfall war Bildstein nicht mehr zu regelmäßigem essen in der Lage oder sich um seine Sachen zu kümmern. Nachts verfolgten ihn die schlimmsten Albträume und er hatte Angst im eigenen Haus, erstmals im Leben so richtig Angst. Sein Arzt riet ihm dringend zum Aufenthalt in einer psychosomatischen Klinik und empfahl die Max-Grundig-Klinik auf der Bühlerhöhe an der Schwarzwaldhochstraße. „Dies ist eine private Klinik mit gehobenem Standard". Jedoch Bildstein lehnte das rundweg alles ab, es schien, er hatte jeglichen Lebensmut und Antrieb verloren, und das machte dem Arzt, der Bildstein ja schon lange gewissermaßen „in- und auswendig" kannte, große Sorgen.

Stattdessen wanderte sein Patient immer wieder unruhig über die Höhen beim Katzenstein dem Pfaffenbachereck zu, am Kohlberg oder auf der anderen Seite, über die Flacken und die waldfreien Höhen auf dem Mühlstein. Dabei schrie er sich den Frust von der Seele. Da er kaum etwas Essen oder Trinken zu sich nahm und immerzu grübelte, verschlimmerte sich täglich die vertrackte Situation. In kurzer Zeit magerte er sichtlich ab, war dehydriert und wurde schwächer und schwächer. Der zuvor stolze und im Alter bisher noch sehr rüstige Mann war nun nur noch ein Schatten seines Bildes. Im Unternehmen sah ihn schon seit 14 Tagen niemand mehr und selbst seine treue Sekretärin, die immer noch die beste Verbindung und vertrauensvolle Beziehung zu ihm besaß, erreichte nicht mehr sein Bewusstsein.

Wieder, wie schon so oft in letzter Zeit, hatte Isidor nicht schlafen können und nichts gegessen. Noch am Vormittag begab er sich auf den Weg, wechselte im Dorf bei der Maile-Gießler-Mühle auf die andere Bergseite und wanderte den Weg aufwärts zum Eckle. Das Gewann Eckle ist ein ins Tal ragender Bergrücken mit freier Sicht auf den Ort und hinein ins langgezogene Tal. Schon in seiner Jugendzeit war ihm dies ein Lieblingsort und oft ist er später mit seiner Hanni Arm in Arm hier gesessen. Direkt unterhalb befindet sich die Winkelwaldklinik. Mit der freien Aussicht aufs Dorf und ins Tal, setzte er sich gedankenverloren einfach ins Gras, blickte hinunter und mit stierem Blick über den Ort, wo mitten im Bild markant die neugotische Pfarrkirche St. Ulrich zu sehen ist. Für den beschaulichen Betrachter erschließt sich hier das romantische Bild eines idyllischen Schwarzwaldtales, dominiert von endlosen Waldflächen. Dabei nahm er weder die Zeit noch die einzigartige Umgebung wahr, alles erschien ihm wie im Nebel. Nach gut einer Stunde erhob er sich schwerfällig und langsam. Bedächtigen Schrittes marschierte er weiter aufwärts, dem Walde zu.

Nicht weit entfernt befindet sich, etwas im Wäldchen verborgen, die gepflegte, alte Anlage eines jüdischen Friedhofs. Hier fanden viele junge jüdische Frauen die letzte Ruhe, die in den dreißiger Jahren des vorigen Jahrhunderts im Sanatorium Rothschild leider jung und tragisch an Tuberkulose verstorben waren. Während der Nazi-Herrschaft wurde das Gebäude ein oder zwei Jahre als eines der berühmt-berüchtigten „Haus Lebensborn" missbraucht. Das Gebäude wurde dann nach dem Krieg zunächst von den Amerikanern, danach von den Franzosen als Lazarett für französische Soldaten genutzt, bis es von 1947 bis 1949 als französisches Kinderheim (Pouponnière) diente. Nur wenige aus der Einwohnerschaft wussten davon oder kannten Details. Vermutlich wollten sie es nicht einmal zur Kenntnis nehmen. Sie haben vielleicht, wie bei vielem im „Dritten Reich", einfach die Augen zugemacht.

Nach dem Krieg wurden nach einer Schätzung zwischen 1945 und 1955 zirka 100'000 Kinder in der französischen Besatzungszone geboren, deren deutsche Mütter mit französischen Soldaten ein Verhältnis hatten. Die französische Regierung unternahm alles, um diese „französischen" Kinder als „gute Franzosen" nach Frankreich zu bringen, auch gegen den Willen der Mütter.

Bis in die 60er Jahre diente das Haus danach wieder seiner ursprünglichen Bestimmung als Lungensanatorium, bevor es zu einem Betreuungs- und Pflegezentrum für chronisch psychisch kranke Erwachsene umgewidmet wurde. Das Haus war die Klinik, in der auch seine Tochter Aufnahme gefunden hatte, wo sie längere Zeit wegen der Alkoholsucht behandelt wurde.

Langsam ging er an einzelnen Gräbern vorbei, strich mit der Hand über die verwitterten, moosbewachsenen Grabsteine und legte da und dort ein Steinchen obendrauf, wie es bei den Juden guter Brauch ist. Überall hielt er kurz inne, wie wenn er mit den Verstorbenen ein Zwiegespräch führen wollte.

Nach geraumer Zeit verließ er die Anlage, holte einen mitgeführten Nylonstrick aus seiner Jackentasche und knüpfte ihn hoch an den Ast eines ihm geeignet erscheinenden Baumes. Bedächtig legte er auf der talwärts gewandten Seite einen großen Stein hin, stieg darauf, band den Strick um den Hals, trat den Stein weg und ließ sich fallen.

So wie er in den letzten Wochen gelebt hatte, allein, enttäuscht und verzweifelt, so starb er auch; lautlos und unbemerkt, allenfalls die in den Bäumen zwitschernden gefiederten Gesellen mögen von dem Vorfall etwas wahrgenommen haben und widmeten ihm vielleicht ein melodisches Abschiedslied.

Erst am anderen Tag fanden Spaziergänger die Leiche. Sie wurde geborgen und zur Obduktion nach Heidelberg überstellt. Weder Sohn noch Tochter waren in der Lage sich um die Beerdigung zu kümmern. Dies veranlasste der Vorstandsvorsitzende im Unternehmen, gemeinsam mit der Sekretärin, immer in Absprache mit dem Bruder, der zum Verstorbenen bis zuletzt noch den besten Draht hatte.

Der Tod durch Suizid des so erfolgreichen, bekannten Unternehmers, löste ein riesiges Medieninteresse aus. Das 2000-Seelen-Dorf im Mittleren Schwarzwald hatte noch nie so viel Aufmerksamkeit gefunden und wurde tagelang in Presse und Fernsehen namentlich erwähnt. Selbst aus China kamen Kondolenzbezeugungen.

Viele Kommentatoren machten sich nun lang und breit Gedanken, was da schiefgelaufen sein könnte und warum der einst so agile und erfinderische Unternehmer, so tragisch enden musste. An der Beerdigung auf dem Nordracher Friedhof im Dorf nahm eine riesige, sicher tausend Köpfe zählende Trauergemeinde teil. Wenn er es hätte sehen können, wäre es Isidor Bildstein bestimmt noch im Nachhinein die größte Genugtuung geworden. Sprecher des Unternehmens, der IHK und des Unternehmensverbandes würdigten in ihren Ansprachen die unbestrittenen Verdienste des Mannes. Und auch der Pressesprecher des Unternehmens, hielt eine zu Herzen gehende Laudatio auf das Lebenswerk des Verstorbenen, dem genialen Ingenieur, Erfinder, erfolgreichen und weitblickenden Unternehmer, aber unglücklichen Ehemann und Familienvater.

Der Geistliche schloss die Trauerfeier mit dem Wunsche: „Der Verstorbene möge nicht wie die Sagengestalt der Region, der „Moospfaff", aus dem einstigen Kloster Allerheiligen, ohne Ruhe über die Höhen um Nordrach streifen und Wanderer oder andere Leute erschrecken. Wir wünschen Isidor Bildstein, dass er nun seinen Frieden gefunden habe möge und einen würdigen Platz in der Geschichte des Tales, der ihm aufgrund seiner unbestrittenen Verdienste, auch als Mäzen und großzügigen Spender, ungeschmälert zusteht: Isidor, ruhe in Frieden."

Blick vom Eckle auf Nordrach und ins langgezogene Tal

Der jüdische Friedhof oberhalb vom Eckle

Anmerkung des Autors:

Die Geschichte dieser Handlung spielt an realen Orten. Sämtliche Protagonisten und eventuelle Ähnlichkeiten mit tatsächlichen Ereignissen oder möglichen Geschehnissen in Nordrach oder anderswo sind aber rein fiktiv und wären zufällig.

Leser-Information zu Walter W. Braun

Der Autor Jahrgang 1944, ist Kaufmann mit abgeschlossenem betriebswirtschaftlichem Studium. Bis zum Ruhestand war er als Handelsvertreter aktiv. Um dem Tag Sinn und Struktur zu geben, begann er Bücher zur eigenen Biografie oder Fiktionen zu unterschiedlichen Themen – teils mit realem Hintergrund – zu schreiben. Es ist ein Zeitvertreib und spannend, wie sich von einer Idee, der Bogen zwischen fiktiver Geschichte hin zur schlüssigen Story entwickelt. Wichtig ist es dem Autor, dem Leser ohne große Schnörkel und literatursprachlichen Raffinessen, spannende Unterhaltung zu bieten, oft gestützt mit seiner subjektiven Meinung. Er will durch seine Erzählungen zudem Hintergrundwissen vermitteln, Hinweise auf landschaftliche oder historische und geschichtliche Besonderheiten geben und mit informativ bildhafter Darstellung an reale Plätze führen, wo sich die dargestellte Handlung abgespielt hat. Wenn es den Leser anregt sich selbst vom Handlungsort, den Schauplätzen, ein Bild zu machen, ist das Ziel erreicht.

www.schwarzwaldautor.de

Weiterlesen? Im Handel erhältliche Titel des Autors:

Alle Bücher sind kurzfristig bei BoD, Buecher.de (versandkostenfrei), Amazon und anderen im Internethandel, erhältlich, ebenso im örtlichen Buchhandel, sowie als E-Books.

Mehr: **www.schwarzwaldautor.de**

Leben ist Glück genug - Vom Schwarzwald zur Seefahrt bei der Marine
Paperback, 280 Seiten, 8 Farbbilder, ISBN 9-783-735-743-411

Aufwärts ist längst nicht oben
Paperback, 356 Seiten, 35 Farbseiten, ISBN 9-783-735-739-056

Top-Touren im Südwesten - für geübte und konditionsstarke Wanderer
Paperback, 160 Seiten, 45 Farbseiten, ISBN: 9-783-750-431-430

Zu Fuß dem Südwesten hautnah 111 Tipps und mehr -
ein etwas anderer Wanderführer
Paperback, 260 Seiten, 46 Farbbilder, ISBN 9-783-738-628-814

Deutsch-Französische Liaison - C'est la vie
Paperback 116 Seiten, 13 Farbbilder, ISBN 9-783-739-223-629

Drama am Breithorn
Paperback, 108 Seiten, 6 Farbbilder, ISBN 9-783-734-765-131

Verschollen am Großvenediger - Hilflos in eisiger Sphäre
Paperback,156 Seiten, 11 Farbbilder, ISBN 9-783-738-645-484

Zu fit für den Ruhestand - zu alt für einen Job
Paperback, 108 Seiten, 11 Farbbilder, ISBN 9-783-735-743-213

Der Spieler - Ein ungewöhnlicher Kriminalfall
Paperback, 132 Seite und 6 Farbbilder, ISBN 9-783-734-776-199

Zwei ungleiche Brüder im Fadenkreuz des Schicksals
Paperback, 140 Seiten, 9 Farbseiten, ISBN 978-375-266-046-3

Dunkel überm Eulenstein - Tragödie auf der Bühlerhöhe
Paperback, 144 Seiten, 12 Farbseiten, ISBN 9-783-741-299-490

Reflexion des Lebens in Lyrik und Prosa
Paperback, 140 Seiten, 23 Farbseiten, ISBN: 9-783-741-276-576
Resi's Gedichte und sonst nichts
Paperback, 144 Seiten, 8 Farbbilder, ISBN 9-783-734-771-965
Glauben ist einfach - oder einfach glauben
Paperback, 340 Seiten, 25 Farbseiten, ISBN 9-783-735-722-829
Lach mal wieder
Eine Sammlung von 163 Liedern, Vorträgen und Sketchen
Paperback, 292 Seiten, 17 Farbbilder, ISBN 9-783-741-228-766
Über Grenzen gehen - Wenn einer eine Reise tut...
Paperback, 360 Seiten, 26 Farbseiten, ISBN 9-783-734-746-925
Sabotage im Weinberg - Tatort Durbach
Paperback, 124 Seiten, 12 Farbseiten, ISBN 9-783-741-297-250
Mein Freund der Alkohol - Kritische Betrachtung eines ambivalenten Genussmittels
Paperback, 244 Seiten, 18 Farbseiten, ISBN 9-783-743-138-612
Der Eremit vom Wilden See - Ein entschlossener Aussteiger
Paperback, 252 Seiten, 29 Farbseiten, ISBN 9-783-744-856-829
Meine Rache ist Amok
Paperback, 236 Seiten, 5 Farbseiten, ISBN 9-783-749-453-061
Der Seppe-Michel vom Michaelishof - Eine Schwarzwald-Saga
Paperback, 304 Seiten, 23 Farbseiten, ISBN 9-783-746-026-308
Michaelishof Eine Tochter muss sich behaupten
Schwarzwald-Saga Teil 2
Paperback, 336 Seiten, 23 Farbseiten, ISBN 9-783-744-840-392
Gottes Wesen verstehen
Paperback, 256 Seiten, 12 Farbseiten, ISBN: 9-783-751-972-734
Der Blitz-König - Eine Story über Aufstieg, Macht und Geld
Paperback, 312 Seiten, 19 Farbseiten, ISBN: 9-783-752-660-098
Leben im Corona-Nebel
Paperback, 220 Seiten, 9 Farbbilder, ISBN: 9-783-752-610-161